KB176026

5분 소설

5분이면 충분한
초단편 이야기

5분 소설

김재성 지음

이담
Books

작가의 말

　사람마다 글을 쓰는 이유는 다양하겠지만 제게 왜 소설을 쓰냐고 묻는다면 바로 대답하기가 어렵습니다. 생각지도 못했던 병으로 첫 직장을 그만둔 후, 예전부터 구상해 오던 이야기를 소설로 쓰고 싶다는 생각이 들어 무작정 글을 쓰기 시작했습니다. 하지만 하루에 다섯 페이지씩 한 달 동안 썼던 그 소설은 제대로 끝을 맺지 못한 채 지금도 그대로 남아 있습니다. 그때는 플롯이니 구성이니 하는 것도 염두에 두지 않고 생각나는 대로 써 내려가기만 했으니 어쩌면 당연한 결과인지도 모릅니다.

몇 년 뒤, 입원 중에 써놓았던 동화들을 떠올리며 '어른을 위한 동화작가가 되는 건 어떨까?'라는 생각을 했습니다. 첫 번째 동화를 쓰려고 나선 날, 이상하게도 번뜩 떠오른 소재가 있어 동화 대신 단편소설을 쓰게 됐습니다. 그 일을 계기로 저에게 더 맞는 옷은 소설이란 걸 깨달았고 저는 소설가가 되기로 마음먹었습니다.

　이 책은 제가 일 년 동안 썼던 소설들을 모은 초단편집입니다. 한 편 한 편의 분량이 2,000자 내외인 이유는 출퇴근길이나 여행을 갔을 때 잠깐씩 펼쳐보기 좋은 소설을 목표로 쓰였기 때문입니다. 처음 읽으실 때는 생각보다 짧은 분량에 당황하실 수도 있을 거라 생각합니다.

에필로그에는 위에서 언급했던 제 첫 단편소설을 실었습니다. 분량이 너무 짧아 이 책에 담을 일이 없을 거로 생각했었는데, 지금 생각해보니 마침표로 쓰기에는 나쁘지 않은 것 같습니다.

분량은 짧아도 여운이 있는 소설을 쓰고 싶었습니다. 부족한 제 작품을 보고 여러분이 조금이나마 현실의 피로를 잊을 수 있다면 작가로서 그것만큼 큰 기쁨은 없을 거로 생각합니다. 그러다 보면 제가 소설을 쓰는 이유도 점점 알아가게 되지 않을까요. 아무쪼록 이 책과 함께 즐거운 시간 보내시길 바랍니다.

목차

5분이면 충분한 초단편 이야기

인터뷰

"그러니까… 어디서부터 이야기해야 할까요?

중학생 시절, 학교 앞에 작은 기타 가게가 있었습니다. 유리창 안으로 가지런히 세워놓은 기타들이 보였죠. 그때는 친구들과 노는 게 가장 좋았던 때라 별로 관심을 두지 않았습니다. 그러다가 그날이 됐죠. 아마 명절이었던 것 같아요. 작은아버지 댁에서 기타를 보았습니다. 호기심에 그 곁을 기웃거리던 저에게 작은아버지께서 말씀하셨죠. 연주를 듣고 싶냐고. 그러곤 작은아버지의 연주가 시작됐습니다. 꽤 서정적인 곡이었는데 지금은 이름이 기억나지 않네요. 그냥 홀린 듯 음악에 빠져들었던 기억이 납니다. 어쩌면 커튼 사이로 비치던 은은한 태양 빛 때문이었는지도 모르겠네요.

그 후 기타를 연주하고 싶어졌습니다. 그렇지만 돈이 문제였죠. 그 당시 기타를 산다는 건 제 용돈으로는 어림도 없었거든요. 딱히 부모님께 손 벌리고 싶진 않았습니다. 제 밑으로 동생이 둘이나 있었으니까요. 첫째라 조금 철이 들었었는지도 모르겠네요. 그래서 아르바이트를 시작했습니다. 동네 기원에서요. 하루 두 시간 정도 일했는데 주로 잔심부름과 청소를 했습니다. 기원을 가득 채운 담배 연기에도 곧 익숙해졌죠.

아르바이트하면서 가장 재미있는 일은 내기바둑을 보는 거였습니다. 가끔 어르신들 내기바둑을 주선해 드렸는데, 형세가 기울어질수록 어두워지는 패자의 얼굴을 보는 게 꽤 재미있었죠. 패배를 인정못 하고 화를 버럭버럭 내시는 분들도 있었습니다. 승자에게 얻어먹던 군것질거리도 소소한 즐거움 중 하나였고요.

그리고 기타를 사게 됐습니다. 학교 앞 바로 그

가게에서요. 안으로 들어가 보니 훨씬 많은 기타가 벽에 걸려 있더군요. 생각보다 종류도 다양하고요. 하얀 전면에 옅은 갈색으로 싸인 무광 통기타. 얼마나 쳐다봤는지 모릅니다. 제가 산 건 구석에 있던 가장 싼 모델이었습니다. 다른 선택지가 없었죠.

기타를 처음 치면서 알게 된 점은 생각보다 손가락이 매우 아프다는 거였습니다. 제대로 된 소리를 내려면 손가락이 얼얼할 정도로 줄을 짚고 있어야 했죠. 지금 생각해도 다행인 건 제 열정이 포기하고 싶은 마음보다는 조금 더 컸다는 것이네요. 가장 쉬운 곡부터 연습하기 시작했습니다. 그리고 몇 달 후 꽤 많은 곡을 칠 수 있게 되었죠. 작곡도 해봤습니다. 단 한 곡뿐이었지만요. 친구들에게 들려줬더니 어딘가 낯이 익은 곡이라는 소리를 들어 그만뒀습니다. 뭐, 작곡은 인연이 아니었던 거겠죠.

그러다 고등학생이 됐습니다. 남들도 다 그렇듯 입시에 전념했죠. 그래도 기타는 가끔 연주했습니다. 다만 야간 자율학습을 끝내고 집에 오면, 시간이 너무 늦어 기타 줄 사이에 수건을 끼고 연주하곤 했죠. 어딘가 막힌 듯 답답한 소리만 났지만, 그 나름대로 매력이 있었습니다.

대학생이 되었습니다. 방황이란 이름으로 방탕을 즐기던 시기였죠. 술과 가까워질수록 기타와는 점점 더 멀어졌습니다. 가끔 기타 위에 수북이 쌓인 먼지를 닦는 게 취미가 되었죠. 그래도 거치대 위에 세워놓으니 꽤 멋진 장식품이 됐습니다. 놀러 온 여자 친구에게 허세를 부릴 수 있는 정도만큼은요.

졸업 후에는 남들처럼 취업을 위해 노력했습니다. 시험도 보고 자격증도 땄죠. 가끔 '내가 뭐를 위해 이러고 있지?' 생각이 들 때면 술과 함께 고민도 들이켜 버렸습니다. 흘러간 시간에 비례해 늘어난 건 주량뿐이었네요.

아, 방금 작은아버지가 연주하셨던 곡 이름이 기억났어요. 바비 빈튼의 '미스터 론리'였습니다. 지금은 안 들은 지 꽤 된 곡인데 집에 돌아가는 길에 다시 한번 들어봐야겠습니다…"

"저기, 말을 끊어서 미안하긴 한데…" 면접관이 입을 열었다.

"수현 씨의 얘기가 흥미롭기는 하지만 제 질문은 우리 회사에 지원하게 된 동기였는데요."

이제야 주위가 보이기 시작했다. 내 앞에 있는 세 명의 면접관, 그리고 나를 황당하다는 듯이 바라보는 다른 지원자들. 대체 왜 이 이야기를 하게 되었을까? 면접은 보나 마나 탈락이겠지. 까짓것 될 대로 돼라.

"음… 지원하게 된 동기는, 어… 남들처럼 평범하게 살고 싶어서였겠죠?"

바깥공기는 아직 쌀쌀했다. 며칠을 준비한 면접이었는데 이렇게 허무하게 기회를 날리고 나니 오히려 담담한 기분이 든다. 뭐, 오랜만에 시간 가는 줄 모르고 떠들어봤으니, 유명한 기타리스트가 기자와 인터뷰를 했다고 생각해버리자. 그건 그렇고, 내가 기타를 어디에 뒀더라?

02

소심한 소영 씨의 하루

"감사합니다."

아무래도 사장님이 인사를 못 들은 것 같다. 물론 약간 기어들어 가는 목소리로 말한 탓도 있겠지만. 소영 씨는 찜찜한 기분으로 의자에 앉았다. 이른 시간이라 그런지 카페엔 그녀만 있었다. 평소에 앉고 싶었던 창문 옆자리가 비어있던 게 얼마나 다행인지 모른다. 오늘은 소영 씨에게 특별한 날이니까.

얼마 만의 휴가인지. 작게 기지개를 켜봤다. 그녀 앞에는 방금 내린 아메리카노 한 잔과 초콜릿 타르트가 놓여 있었다. 평소에는 다이어트 때문에 먹지 못했던 타르트가 오늘따라 유난히 더 달콤해 보였다. 진열돼있던 것 중 가장 진해 보이는 것을 고르

느라 시간을 많이 투자했다. 물론 다 같은 종류이긴 했지만.

남들은 잘들 쓰는 연차를 자신도 쓰는 것뿐인데 왜 그리 눈치가 보이던지. 휴가철은 피하고, 팀원들한테 폐를 끼칠 것 같은 날짜도 피하고…. 이리저리 피하기만 하다 보니 결국 어정쩡한 날짜에 연차를 쓰게 됐다. 하지만 그마저도 감지덕지했다.

지금까지 수고했던 자신을 위해 하루 종일 카페에서 책이나 읽으려고 했는데 남들 눈에 백수 같아 보일까 봐 괜히 걱정이 앞섰다. 결국, 옷도 갖춰 입고 화장까지 다 한 채로 집 밖으로 나오고야 말았다. 프리랜서처럼 보이기 위해 무거운 노트북도 챙겼다.

커피 한 모금을 마신 후 책을 펼쳤다. 「나답게 살기 위한 5분 테라피」. 어떻게든 소심한 성격을 고쳐보려고 고른 책이었다. 그런데 책을 펴자 의문이 들었다. 나다운 거면 소심한 건데, 그럼 더 소심해지라는 건가? 시작부터 머리가 아파왔다. 골치 아픈 질문을 쫓아버리기 위해 타르트를 크게 떠서 입안에 넣었다. 진한 초콜릿 향 덕분에 기분이 조금 나아졌다.

그런데 이번엔 배 속이 아팠다. 어제 먹은 저녁이 너무 과했나? 당장 일어나 화장실로 달려가고 싶었지만 오자마자 화장실부터 가는 것이 눈치가 보였다. 하필 사장님과 단둘일 때 이런 상황이라니. 조금 늦게 카페에 올 걸 후회가 됐다. 일단은 아랫배에 격려의 메시지를 보내며 참기로 했다.

딸랑. 손님들이 들어오기 시작했다. 이 카페는 그렇게 많은 사람이 오진 않는다. 소영 씨는 대충 그 이유를 알고 있었다. 여기 커피는 쓴맛이 강했다. 원두를 볶던 사람이 깜빡 졸아 그걸 조금 태워버린다면 이런 맛이 날 것 같았다. 소영 씨는 종종 사람들이 이곳에 대해 평하는 것을 들었다. 대부분이 인테리어는 맘에 들지만, 커피가 써서 아쉽다는 의견들이었다. 사장님에게 얘기해줄까 생각도 해봤지만, 막상 용기가 나지 않아 그만두었다.

멍하니 창밖을 바라보고 있으니 어제 생각이 났다. 일 처리가 꼼꼼하지 않은 후배를 따로 만나 주의를 준 일이 있었는데 지금 생각해보니 조금 과했나 싶었다. 남에게 미운 소리 하는 게 익숙하지 않다 보니 그럴 때마다 정도가 너무 약하거나 과하거나 둘 중 하나였다. 똑 부러지지 못한 자신이 한심스럽게 느껴졌다.

후배에게 문자를 보내기로 했다. 후배가 자신을 미워하지 않기를 바라며 몇 번씩이나 문장을 고쳐 썼다. 자신은 이런 일을 마음에 담아두지 않는다는 선배다운 멘트도 빠트리지 않았다. 하지만 한창 일하고 있을 시간이니 문자는 퇴근 시간에 맞춰 보내기로 했다. 그러다 갑자기 팀원들 생각이 났다. 나 없이도 잘들 하고 있으려나?

어느새 돌아보니 테이블 몇 개가 차 있었다. 괜히 안 쓰던 노트북을 꺼내 일하는 척을 하려고 했지만 아차, 충전 케이블을 가져오지 않았다. 어색하게 종이 몇 장을 꺼내 탁자 위에 올려놨다. 집에서 굴러다니던 서류들을 가지고 온 게 다행이었다.

꾸르륵. 뱃속에서 한 번 더 신호가 왔다. 이젠 정말로 가야 했다. 화장실에 오래 있으면 사람들이 속으로 비웃지 않을까? 아니야, 소영아. 남들은 너한테 그렇게 관심이 없어. 자신을 세뇌하며 자리에서 일어났다. 읽고 있던 책의 제목이 보이지 않도록 뒤집어놓은 뒤 급하지 않은 것처럼 천천히 걸어갔다.

화장실 다녀온 후 소영 씨는 한숨을 쉬며 생각했다. 나는 왜 이렇게 남의 눈치를 많이 보는 걸까? 남들처럼 자유롭게 살 수는 없는 걸까?

문득 구석에 앉아있는 트레이닝복 차림의 남자가 눈에 들어왔다. 커다란 붉은색 헤드셋을 끼고 콧노래까지 흥얼거리는 모습을 보니 영락없는 백수였다. 심지어 다리까지 떨고 있었다. 그런데 그 남자에게서 알 수 없는 해방감이 느껴졌다. 남들의 시선을 의식하지 않는 모습이 잠깐이지만 멋있어 보이기까지 했다.

그래. 나도 이제 쿨하게 살아보는 거야. 그녀는 작은 것부터 시도해보기로 했다. 먼저 카페 사장님께 커피 맛에 대해 말해주기로 했다. 심호흡을 크게 한 뒤 자리에서 일어나 사장님께 다가갔다.

한 걸음. '최대한 자연스럽게 말하는 거야.'

두 걸음. '사장님이랑 모르는 사이도 아니니까.'

세 걸음. '다 이 카페가 잘 됐으면 하는 마음에 말하려는 거잖아?'

네 걸음. 어느새 계산대까지 다다랐다. 수건으로 컵을 훔치고 있는 사장님의 표정이 유난히 심드렁해 보였다.

"저기….."

"여기 커피는 맛있긴 한데 저한테는 약간 쓰네요."

소영 씨는 깜짝 놀라 옆을 돌아봤다. 아까 그 헤드셋 남이었다. 시선을 느꼈는지 그도 그녀를 바라봤다.

"어?"

"어…?"

"혹시… 영업부 신 대리님?"

"아… 경리부에 계신… 이….."

"이소영이요."

둘의 거리가 너무 가까운 것을 깨닫고 그녀는 황급히 뒤로 물러났다. 갑자기 얼굴이 달아올랐다. 원래 같은 동네 사람이었나, 신 대리님도 연차를 쓴 건가, 너무 들이댔다고 생각한 건 아닐까, 화장이 너무 번지진 않았나… 머릿속이 어질어질했다. 이제부터 정말로 쿨하게 살기로 결심했는데, 소영 씨에겐 오늘 하루가 너무 어렵다.

03

노인을 위한 나라는 없다

2033년 '노인 안전을 위한 특별 관리법' 일명 노인 구속 법 공포.

정부 차원에서 80세 이상 노인들을 특별 시설로 강제 입주시키기 시작.

노인들의 반발. '주권과 자유를 위한 노인 연대' 창설.

그리고 군대와의 대치 61일째.

"모든 시민은 무장을 해제하고 적극적으로 협조하십시오."

매일 아침마다 지겹게 들려오는 소리. 김 노인이

인상을 찌푸리자 미간에 드러난 주름의 명암이 더욱 깊어졌다. 방벽을 쌓고 군대와 대치한 지도 수십 일째. 어느 순간부터 그는 날짜 세는 것을 그만두었다.

"식량이 다 떨어져 가는 것 같소." 장 노인이 말했다.

그도 알고 있었다. 최대한 오래 버티기 위해 마트를 점거해 거점을 쌓았지만, 대치 상황이 길어질수록 불리해지는 건 우리 측이었다. 정부에서는 이미 그것을 예상하고 군인들을 움직이지 않는 바일 것이다. 결국, 배고픔을 견디지 못해 투항하게 되면 언론을 통해 대대적으로 홍보를 하겠지. '인도적 분쟁 해결'이라고.

애초에 힘없는 노인들이 젊은이들과 맞선다는 것 자체가 있을 수 없는 일이었다. 하지만 이대로 순순히 시설로 끌려갈 수는 없었다. 그는 법안이 시행되기 전에 자발적으로 시설로 입주하는 노인들을 봐 왔다. 마치 수용소에 끌려가는 범죄자들처럼 그들의 눈빛에는 하나같이 공허함만이 가득했다. 에끼, 자주 의식도 없는 늙은이들이라고는!

김 노인은 한숨을 쉬며 방벽에 기댔다. 그의 품에는 공기 소총이 안겨 있었다. 종로의 노점상에서 불법으로 구한 것이었다. 노점상의 노인들은 노인 연대를 위해 사비를 털어 불법 총기들을 구해주었다. 이들이 그것을 제대로 사용할 수 있는지는 다른 문제였다. 애초에 이것은 무기가 아닌 결의의 상징이었다.

"한 대 피우겠소?" 장 노인은 비닐이 다 벗겨진 담뱃갑을 내밀었다. 돗대였다.

"자네 피우시게." 김 노인은 쭈글쭈글한 손으로 담뱃갑을 장 노인 쪽으로 밀었다. 이렇게 하나 남은 담배를 서로 권한 지가 일주일이 돼갔다.

"일 년 전만 해도 손주들 용돈이나 줄 생각만 했었는데 말이지…" 장 노인은 김 노인을 따라 방벽에 기댔다.

김 노인은 그를 바라봤다. 몇 달째 수염을 깎지 못해서 지저분해 보이는 턱, 축 처진 눈, 자글자글한 주름. 자신도 별반 다르지 않을 것이다. 그러나 이것이 사회에서 쓸모없음의 낙인을 받을 이유는 아니었다. 적어도 자신은 윗세대들을 그렇게 바라보지 않았다.

다시 한번 스피커를 통해 군부대의 통보가 들려왔다. 하지만 김 노인은 그쪽에서 어떤 말을 하는지 제대로 듣지 못했다. 다만 기분 나쁜 웅웅거림이 귓가에 맴돌 뿐이었다. 그때였다.

쿵! 쿵!

땅이 울리는 것 같았다. 깜짝 놀란 그는 고개를 들어 방벽 너머를 바라봤다. 군인들이 열을 맞춰 한 걸음씩 다가오고 있었다. 얼른 고개를 낮춘 그는 장 노인을 바라봤다. 공포의 질린 그의 눈동자가 이리저리 숨을 곳을 찾고 있었다. 김 노인은 생각했다. 지금까지 버틴 것만으로도 충분히 용기 있는 행동이었다고.

땅의 울림이 가까워졌다. 그는 소총을 꽉 쥐었다. 마지막으로 총을 쏴 본 적이 언제였더라. 두 눈을 질끈 감고 군인 시절을 떠올렸다. 심장의 떨림이 멈추지 않았다.

방벽 위로 고개를 들었다. 영혼 없이 밀려오는 검

은 물결들이 보였다. 군인들은 이제 코앞으로 다가와 있었다. 총을 견착했다. 그러나 조준점이 눈에 들어오지 않았다. 방아쇠를 쥔 손가락은 덜덜 떨렸다. 다시 보이는 군인들의 물결. 쿵쾅거리는 심장. 김 노인은 눈을 질끈 감고 방아쇠를 힘껏 당겼다.

탕!

"아! 아버지 또 이러시네." 아들은 김 노인에게 얻어맞은 뒤통수를 감싸며 말했다.

"아버님. 안마봉 내려놓으세요. 그거 위험하다고 말씀드렸잖아요." 며느리가 김 노인을 말렸다.

"안 돼! 총을 뺏기면 끌려갈 수밖에 없다고!" 그가 쇳소리를 내며 외쳤다.

"누가 아버님을 끌고 간다는 거예요? 제발 정신 좀 차리세요!" 며느리가 소리쳤다.

그날 밤. 김 노인은 잠이 오지 않아 부엌으로 나왔다. 안방의 열린 문틈 사이로 불빛이 새어 나오고 있었다.

"아무래도 아버님을 요양원으로 보내야 할 것 같아요."

"그렇지만 거동이 불편하신 게 아니라서 일반 요양원 입소도 불가능할 텐데…"

"그럼 사설에라도 보내는 게 좋을 것 같아요."

"알겠어요. 내일 한 번 알아볼게요."

문틈 사이로 조용히 아들 부부의 이야기를 듣던 김 노인은 침을 꼴깍 삼켰다. 그는 무의식적으로 안마봉을 꽉 쥐었다. 손바닥에서 땀이 흥건히 배어 나왔다. 시설로 끌려가지 않기 위해 내일 또다시 처절한 사투를 해야 할 판이었다. 하지만 그에게는 의지가 있었다. 사회가 그에게 무능의 낙인을 찍어도 그는 증명해 보일 것이다. 그가 그렇게 호락호락하지 않다는 것을.

이곳에 노인을 위한 나라는 없다.

04

산타클로스에게도 봄은 오는가?

하늘이 어두워졌다. 거리에는 경쾌한 음악이 울려 퍼졌고 다정하게 팔짱을 낀 커플들의 얼굴에는 미소가 가득했다. 툭. 아직 영글지 않은 눈의 결정이 재혁의 어깨 위로 떨어졌다. 그는 생각했다. 인제 그만 끝내고 싶다고.

"아저씨 할 일 없어요?"

그는 옆을 돌아봤다. 갓 초등학생쯤 되어 보이는 작은 아이가 자신을 바라보고 있었다. 그는 아이를 무시하고 다시 정면의 간판으로 시선을 옮겼다.

"하루 종일 여기 앉아있던데." 아이는 그가 앉아 있던 경계석을 따라 엉금엉금 기어 왔다. 재혁은 본능적으로 귀찮은 일이 벌어질 거란 느낌을 받았다.

"그러면 너는, 할 일이 있니?" 그가 여전히 간판을 바라보며 무심하게 말했다.

"난 있어요." 아이가 거리 위 조명을 가리키며 말했다. "저기 불빛 개수 세는 거."

그는 눈을 살짝 들어 위를 바라봤다. 아이가 가리킨 건 촌스러운 조명들을 덕지덕지 두른 구조물이었다. 해가 지나도 도무지 개선될 기미가 안 보이는 구조물을 보며 '예산을 아끼기 위해 그렇겠지'라고 짧게 생각했다.

"아저씨 백수 맞죠?"

그는 인상을 살짝 찌푸리며 눈을 감았다. 이 상황을 피하고 싶다. 그러나 다른 곳으로 가고 싶지는 않았기에 아이의 말에 대충 응수해주기로 했다.

"아저씨는… 산타야. 산타 알지?"

그는 아이를 흘끔 바라봤다. 예상했던 대로 아이의 눈에서 환호나 놀람 따위는 보이지 않았다.

"거짓말. 산타가 왜 빨간 옷도 안 입어요?"

"옷은 빨래하는 데에 맡겼어."

"그럼 왜 안 뚱뚱해요?"

"산타는 다른 사람들 집에 몰래 들어가야 하잖아. 그래서 살을 열심히 뺐어."

"수염은 어디 갔어요?"

"수염은…" 그는 허공을 바라보며 생각에 잠겼다. 그래. 지금은 1월이지.

"크리스마스가 끝났잖아. 그래서 밀어버렸어."

아이는 반신반의하는 눈치였다. 잠시 후 아이는 눈동자를 이리저리 굴리더니 쭈뼛쭈뼛하며 말했다.

"그럼… 내 선물도 있어요?"

그는 아이를 바라봤다. 이 녀석, 크리스마스 선물을 못 받은 건가? 아이는 손을 모으고 땅만 쳐다보고 있었다. 그는 이런 상황에 무슨 이야기를 해야 할지 알 수 없었다.

"내가 너무 많이 울어서 선물을 안 준 거예요?" 아이가 말했다.

"…왜 울었는데?"

"엄마 보고 싶어서…"

별말을 한 것도 아니면서 아이는 금방이라도 울음을 터트릴 것 같은 표정이 됐다. 그는 고개를 저었다.

"음… 그래서 안 준 건 아니야…."

"그러면 지금 줄 거예요?"

아이가 갑자기 불쑥 얼굴을 내밀자 그는 당황해 뒤로 물러났다. 아이의 눈은 아까와는 다르게 기대감으로 가득 차 있었다. 그는 머뭇거리며 주머니를 뒤졌다. 낡은 지갑이 손에 잡혔다. 지갑의 한 면은 텅 비어있었다. 다른 면을 열자 몇 년 동안 사용하지 않았던 지폐들이 보였다. 마지막으로 땀 흘려 벌었던 소중한 돈. 이 돈을 이런 상황에 쓰게 되리라고는 생각하지 못했었다. 그는 망설이다 꾸깃꾸깃한 지폐를 꺼냈다.

"자, 아저씨가 너무 바빠서 선물을 준비 못 했어. 대신 아빠한테 가서 이걸로 선물 사달라고 해. 알았지?"

아이의 눈이 휘둥그레졌다. 그는 아이의 손에 돈을 쥐여주었다. 잠시 동안 아이의 손을 쥐고 있던 재혁은 그 돈 중에서 천 원짜리 한 장을 다시 가져갔다.

"이거 하나는⋯ 내가 가져갈게. 이게 아저씨한텐 좀 의미가 있는 돈이거든. 그럼, 난 인제 간다." 그는 자리에서 일어나 아이를 등지고 터벅터벅 걸었다.

"아저씨, 어디 가요?" 뒤에서 아이의 목소리가 들려왔다.

"산타 은퇴하러."

그는 말없이 손을 흔들었다.

"야간에만 가택에 침입해 수백 건의 절도 행각을 벌였던 일명 산타클로스가 경찰에 자수했습니다. 경찰이 수사망을 좁혀오자 심적인 부담감을 느낀 것으로 보입니다. 박기영 기자입니다."

"서울 강동경찰서는 어제저녁 36살 A모 씨가 공중전화로 자수의 뜻을 전해왔다고 밝혔습니다. 범인 A 씨는 4년 동안이나 경찰의 수사망을 피해왔지만, 어제 돌연 자수의 의사를 밝혀옴으로써⋯"

05

교신

우주는 언제나 우리의 상상을 자극한다. 지구는 태양계에 속하고 태양계는 광대한 은하계의 극히 일부분일 뿐이다. 그것을 넘어 얼마나 많은 은하계가 존재하는지는 추측할 수도 없다. 우주를 향한 끝없는 호기심은 지구 밖 어딘가에 존재할지도 모르는 생명체에게 모인다. 지적 확장을 위한 순수한 욕망. 그러나 어쩌면 우리는 생각하는 것보다 훨씬 더 작은 부분만을 이해하고 있는 것일지도 모른다.

"아레시보 메시지라고 내가 저번에 말했지? 1974년 푸에르토리코에 있는 아레시보 천문대에서 쏘아 올린 메시지 말이야. 1,679개의 이진수로 이루어진 마이크로파를 구상성단 M 13으로 보냈는데, 거기에는 인간을 구성하는 주요 원소들, DNA 구조, 사람의 모양, 인구 정보 등이 들어있었어. 그런데 왜 하필이면 이진수였는지 알아? 외계인이 인간처럼 열 손가락이 달렸다는 보장이 없으니 가장 이해하기 쉬울 것 같은 이진수를 사용했던 거야! 물론 이 메시지가 도달하려면 아직도 25,000년 정도가 남았지만, 이 사건은 존재만으로도 큰 상징이 되는 거지."

물론 나는 전혀 궁금하지 않았다. 일단, 나는 외계의 존재에 대해 그다지 관심이 없었고, 지금 내 앞에서 신나서 떠드는 저 녀석의 말은 사실 며칠째 모양만 조금씩 바뀌며 반복되는 중이었다. 우연히 도서관에서 집어 들게 된 UFO 관련 서적을 읽고 있던 모습을 들킨 게 화근이었다. 그냥 좀 이상한 녀석이라고 막연히 생각했었는데, 지금 보니 완전 외계인 오타쿠였다.

"그런데 내 생각은 좀 달라. 나는 외계인이 의외로 멀지 않은 곳에 있을 수 있다고 생각하거든. 그래서 꽤 오랜 시간 돈을 모아 송신탑을 만들었어.

메시지는 아레시보를 좀 더 단순화시켜서 만들었고. 그리고 이건 비밀인데… 사실 우주로 전파를 쏜 지 벌써 8개월이나 됐어. 어떻게 이렇게까지 할 수 있었냐고? 인터넷으론 불가능한 게 없더라"

이게 무슨 소린가. 이젠 단순한 오타쿠를 넘어 외계 전문가라고 불러야 할 판이었다. 외국의 어느 소년이 인터넷 자료를 검색해가며 핵융합 원자로를 만들었다더니, 내 주위에도 비슷한 인간이 있을 줄이야. 그런 머리를 학교 공부에 썼으면 꽤 우등생 소리를 들었을 텐데. 뭐 나랑은 상관없지만.

녀석은 나와 언제부터 그렇게 친했다고 방과 후 당장 자기 집에 가자며 나를 졸랐다. 물론 그 정도의 송신탑을 만들었다면 누군가에게는 자랑하고 싶어지겠지. 호기심이 생긴 나는 못 이기는 척 녀석을 따랐다.

녀석의 집은 생각보다 으리으리했다. 이 녀석, 부유한 부모님의 지원을 받으며 맘껏 취미 생활을 해왔었구먼? 녀석은 자기 방으로 나를 안내했다. 역시나. 상상했던 것과 별반 다르지 않게 사방에 붙은

UFO 사진들과 외계인 피규어들이 나를 반겼다. 벽의 한 면을 가득 채운 책꽂이로 눈을 돌렸다. 객관적인 사실에 전혀 기반을 두지 않은 무의미한 도서들. 외계인 납치의 역사…, 21세기 미스터리 사전…, 외계인은 우리와 함께 있다… 음, 이건 좀 끌리는군.

"따라와 봐." 녀석이 손짓했다. 드디어 볼 수 있는 건가? 밖으로 나오니 어느새 싸늘해진 공기에 몸이 움츠러들었다. 팔짱을 끼고 녀석의 뒤를 따라 터벅터벅 걸었다.

꽤 근사한 모습이었다. 위로 갈수록 좁아지는 철골 구조물 끝에 있는 접시 모양의 원반이 하늘 어딘가를 향하고 있었다. 안쪽의 저 바늘 같은 것으로 전파를 쏜다는 건가? 어둑어둑해져 가는 하늘과 송신탑의 자태가 묘한 조화를 이루었다. 고개를 돌려 녀석을 보았다. 송신탑의 끝을 바라보는 녀석의 눈빛은 기대감으로 빛나고 있었다. 아마도 저 눈빛 속에선 지금 미지의 생명체와의 조우가 펼쳐지고 있겠지.

집으로 와 침대에 누웠다. 인간은 왜 미지의 존재

에 대해 알고 싶어 하는 걸까? 하긴 내 머리로는 백날 생각해봤자 답을 알아낼 수 없을 것이다. 나는 천장을 보며 허공을 향해 손가락을 까닥였다. 지구인들이여. 이제 내가 너희에게 응답하노라. 그때였다. 갑자기 핸드폰이 요란하게 울렸다.

"지금 당장 우리 집으로 와줘! 빨리!"

황급히 옷을 갈아입고 녀석의 집으로 달려갔다. 녀석은 잠옷 차림이라는 것도 깨닫지 못한 채 흥분에 가득 차 앞마당을 빙빙 돌고 있었다. 나는 말없이 녀석과 함께 송신탑으로 뛰었다.

"메시지가 왔어! 메시지가 왔다고!" 녀석은 환희와 기대와 두려움 따위의 감정들이 뒤엉킨 표정을 지으며 메시지를 빠르게 읽기 시작했다.

"역시! 메시지를 73행 23열로 재배열하면 형태가 나타나! 이건 위대한 발견이라고! 외계인도 우리와 같이 행과 열의 개념을 이해하고 있다는 증거야!" 종이를 들고 있는 녀석의 손이 쉬지 않고 떨렸다.

나는 한발 물러서 녀석을 관찰했다. 인간은 어째서 미지의 존재에 저렇게 집착하는 걸까? 우리는 너희에게 그렇게 관심을 가지지 않는데. 그건 그렇다 치고, 녀석을 한 번 더 놀려줘 보기로 할까?

나는 허공을 향해 손가락을 까닥였다.

06

이상한 모임

"저기…, 예의바름님은 어떤 강점이 있으신가요…?"

나는 주위를 둘러보았다. 흩어져있던 시선들이 어느새 내게 집중되어 있었다.

나는 천천히 입을 열었다.

어쩌다 접속하게 된 카페였다. '나 자신을 사랑하는 사람들의 모임', 줄여서 나사모. 인터넷 서핑을 하던 중 우연히 한 게시물을 클릭하게 됐고, 언뜻 보면 한없이 지루해 보이는 이 카페가 사실 조금 이상한 사람들의 모임이라는 것을 알게 되었다. 남들에게는 말할 수 없는 자신만의 은밀한 취미를 공유하는 모임. 이것이 이 카페의 정체였다.

애를 먹었던 건 가입 양식을 작성하는 것이었다. 개인의 프라이버시가 중요한 만큼 가입 절차는 매우 까다로웠고 나는 꽤 많은 시간을 양식을 작성하는 데 들여야 했다. 특히 많이 고민했던 건 취미에 대해 적는 부분이었다. 남들에게 말하기 부끄러우면서도 결코 포기하지는 못하는 은밀한 취미. 이 카페에서는 그것을 '강점'이라고 불렀다. 나는 처음 산 물건은 무조건 핥아봐야 직성이 풀린다는 되지도 않는 말을 꾸며 넣었다.

카페에 대해 잊고 있을 때쯤 승인 메일이 왔다. 이제부터는 자신의 강점을 부끄러워하지 않아도 된다는 내용이 담긴 장문의 메일을 대충 읽은 뒤 바로 카페 게시판으로 들어갔다. 역시나 게시판은 철저하게 익명으로 유지되고 있었다. 게시판의 절대 수칙. 절대로 다른 이의 강점에 돌을 던지지 말라. 나는 고개를 끄덕였다.

세상에. 이렇게나 이상한 인간들이 많다니. 아니, 창조주의 창의력에 대해 경의를 표해야 하나? 게시판에는 내가 듣도 보도 못했던 이상한 '강점'들을 가진 인간들이 수두룩했다. 과자를 잔뜩 사서 한 조각씩만 먹어보고 버리는 건 귀여운 축에 속했다. 매일 자살 방법을 학술적으로 연구하며 자살 일기를 쓰는 인간, 스케일링이 주는 짜릿한 고통을 잊지 못해서 계속 병원을 옮겨 다니며 스케일링을 받는 인간, 겨드랑이 냄새를 맡는 게 좋아 한쪽 겨드랑이를 몇 주째 씻지 않는 인간. 그 외에도 내 상식으로는 이해할 수 없는 괴상한 취미를 가진 인간들까지. 그들은 또한 서로의 강점에 대해 '정말 놀라워요', '저도 꼭 해보고 싶어요' 등의 댓글을 달아가며 서로를 격려하고 있었다.

물론 나도 부족한 점이 많은 보통 사람인지라 그들에게 연민이 느껴지긴 했다. 그리고 익숙함이 무섭다고 해야 하나. 어느새 나는 웬만한 강점에는 눈도 하나 깜짝하지 않게 되었다. 언제부턴가 매일 올라오는 글들을 하나하나 정독하며 격려의 댓글을 달아주는 것이 나의 일과가 되었다.

그러던 어느 날, 나도 그들과 진정한 소통을 하고 싶다는 생각이 들었다. 내가 적었던 강점. 새로 산

물건을 핥아보는 것. 화장실로 가서 산 지 얼마 안 된 전기면도기를 집어 들었다. 검은색에 유선형의 모양을 가진 그립감이 괜찮은 모델이었다. 먼저 손잡이 부분. 혓바닥을 가져다 댔다. 아무 맛도 느껴지지 않았다. 내가 생각할 수 있는 최대한 비슷한 맛들을 떠올려보았다. 유리잔…, 실리콘 주걱…, 그러나 이게 정확히 어떤 맛인지 표현하기에는 어휘력이 부족했다. 혓바닥이 당황스러워하는 게 느껴질 때쯤 혀를 떼고 다시 버튼에 갔다 댔다. 미묘하게 느껴지는 짭짤한 맛. 아무래도 손때를 타서 이런 맛이 나겠지. 조금 비위생적인 느낌이 들어 얼른 혀를 뗐다. 마지막으로 면도날 부분. 예상했던 대로 쇠 특유의 기분 나쁜 비릿한 맛이 느껴졌다. 나는 왜 하필 이런 강점을 고른 것일까? 시식을 마친 뒤 카페에 후기를 작성했다.

의외로 성실함을 보였기 때문일까? 어느새 내 회원 등급은 꽤 높아져 있었다. 이제 웬만한 회원들의 강점은 두루 꿰고 있었고 나를 좋아하는 회원들도 꽤 있었다. 그러던 중 카페장에게서 은밀히 쪽지가

왔다. 오프라인 모임에 참석할 생각이 있냐고.

예상은 하고 있었다. 온라인으로 친분을 맺는 것만으로는 뭔가 부족하다고 느껴졌을 테지. 사실 나도 그들의 얼굴이 보고 싶었다. 내 머릿속에만 존재하는 그들의 모습은 실제로 어떨까? 그들은 평범한 사람들일까, 외계인일까? 나는 제안을 수락했다.

모임 장소는 도심 외곽에 있는 펜션이었다. 참가 인원은 15명. 아침부터 운전했지만 의외로 차가 막혀 좀 늦은 시간에 모임 장소에 도착할 수 있었다. 숲속에 있는 회색 지붕의 아담한 펜션이었다. 주변을 한 번 둘러본 뒤 나는 조용히 문을 열었다.

모든 이의 시선이 나에게 쏠렸다. 이런, 내가 중요한 순간에 들어왔다. 머쓱하게 고개를 끄덕인 뒤 의자에 앉았다. 의자는 이야기를 나눌 수 있게 원형으로 배치되어 있었다. 잠시 후 흐트러졌던 분위기가 다시 정돈되었고 이야기를 하던 어느 회원이 말을 이어나갔다.

모든 회원은 가슴에 명찰을 달고 있었다. 지금 말을 하는 사람은 쁘띠공쥬. 음식들을 일부러 상하게 만든 후 생기는 곰팡이들의 사진을 수집하는 여자다. 아, 소다캐러멜도 왔군. 연쇄살인마의 심정을 담은 노래를 만드는 사람이었지. 다들 생각보다 겉모습은 평범하군.

모임의 형식은 간단했다. 본인의 차례가 되면 자신의 강점을 차근차근 이야기해나간다. 그러면 다른 회원들이 그 강점을 격려해주며 훈훈한 이야기를 나누는 식이다. 그러다 분위기가 무르익으면 함께 잔을 기울이는 거로 마무리하겠지. 역시나 한쪽 구석에 맥주 상자와 안줏거리가 잔뜩 쌓여있었다.

자신이 읽은 책을 한 장 한 장 뜯어 씹어 삼키는 여자의 이야기가 끝났다. 타인 앞에서 자신을 노출한 것에 대한 쾌감에서인지 아니면 다른 무엇 때문이었는지 여자는 결국 눈물을 쏟고 말았다. 몇몇 회원들이 여자를 끌어안고 위로를 해 주었다. 나는 그 모습을 묵묵히 바라봤다. 이윽고 내 차례가 되었다. 잠시 생각에 잠겼다. 비록 나는 강점을 꾸며냈지만, 그것을 위해 했던 노력은 거짓이 아니었다. 그래. 나는 이들과 소통하기 위해 어쩔 수 없이 그랬던 것이다. 나는 이들과 다르지 않다. 이때, 카페장이 내게 말을 걸었다.

"저기…, 예의바름님은 어떤 강점이 있으신가요…?"

나는 주위를 둘러보았다. 흩어져있던 시선들이 어느새 내게 집중되어 있었다. 나는 천천히 입을 열었다.

"저는…."

"저기, 실례지만 혹시 오늘 복장도 강점과 관련이 있는 건가요?" 누군가의 질문이 들려왔다.

고개를 숙여 내 옷을 살폈다. 특별한 날을 위해 신경 써서 고른 주황색 수영복과 그 위에 가볍게 걸친 회색 재킷. 이게 뭐 어쨌다는 거지?

다시 회원들을 바라봤다. 그들은 내 대답을 기다리는 눈치였다. 나는 당황스러움을 느꼈다. 예의를 차려야 하는 자리에 예복을 입고 왔을 뿐인데, 대체 이들은 어떤 대답을 원하는 걸까? 아, 어쩌면 이것은 당연한 결과였는지도 모른다. 그들은 애초에 나와 다른 사람들이었으니까.

이상한 사람들은 이상한 사람들일 뿐이다.

07

역사의 주관자들

"시냅스 컴포넌트 시간 이동 프로그램에 참여하신 것을 환영합니다. 저희 시냅스 컴포넌트는 사용자에게 최고의 경험을 선사하기 위해 항상 노력하고 있습니다. 본 프로그램은 오직 과거로의 이동만이 가능하며 사용자는 한정된 시간 속에서 자유롭게 행동할 수 있습니다. 단, 사용자가 과거의 시간에 개입하는 시점부터 새로운 평행우주가 생성되게 되며 저희 시냅스 컴포넌트는 해당 사항에 대해 법적 책임을 지지 않는다는 사실을 알려드리는 바입니다."

눈을 들었다. 온통 하얀색으로 도배된 큰 방 한가운데 시간 이동에 사용되는 것 같은 타원형의 기계가 자리 잡고 있었다. 몇 걸음을 더 걸어 최종관문으로 보이는 게이트 앞에 섰다. 편한 자세를 하고 기다리라는 음성에 따라 정면을 바라보고 자세를 바로 했다. 위에서부터 붉은빛 레이저가 나와 내 몸을 천천히 탐색하기 시작했다.

"이제 고밀도 분자 재결합 장치에 탑승하겠습니다. 아래쪽의 화살표를 따라 기계의 안쪽으로 들어와 주십시오."

안내 음성이 끝남과 동시에 바닥에 초록빛 화살표들이 하나씩 생겼다. 걸음을 옮길 때마다 이미 지나온 화살표들이 노란색으로 바뀌었다. 그리고 얼마 뒤 고밀도 분자 재결합 장치라는 것과 마주하게 되었다.

"부탁한 것은?"

바닥 아래쪽이 열리며 거치대가 올라왔다. 거기에는 따로 검사를 받은 내 서류가방이 있었다. 조심스럽게 가방을 집었다.

"물품 소지 사유를 마지막으로 확인해도 되겠습니까?"

"그곳의 모습을 내 노트북에 기록하고 싶어서."

거치대가 미세한 소음을 내며 아래로 내려갔다.

장치 안에 있는 의자에 앉았다. 천장 위에서 스크린이 내려오며 시간 이동에 대한 간단한 안내를 보여 줬다. 시간을 잘 지킬 것. 안전에 유의할 것. 역사를 바꾸는 중대한 행위를 하지 말 것. 특히 마지막 항목에 대해서는 사전에 여러 번의 교육과 점검을 받아야 했다. 그러나 그들도 이것이 형식적인 절차라는 것을 잘 알고 있을 것이다. 사용자가 과거의 시간에 개입함으로써 생기는 수많은 변수를 모두 감시할 수는 없으니까. AD 120년 로마. 나는 유적지 시찰 및 관광을 사유로 적었다.

스크린이 올라가고 이제 이동을 시작한다는 음성이 들려왔다. 눈을 감고 편안한 자세를 취했다. 이윽고 시간 이동이 시작되었다. 어떠한 소음이나 떨림도 느껴지지 않았다. 잠시 후 시간 이동이 완료되었다는 음성이 들려오자 눈을 떴다.

시간 이동 장치는 어느 공터에 안착해 있었다. 장치에서 걸어 나왔다. 무성한 잡초와 부서진 담벼락 틈 사이로 지나가는 로마 시민들의 모습이 보였다. 뒤를 돌아보자 시간 이동 장치는 작은 판잣집으로 바뀌어 있었다. 판잣집 안으로 고개를 넣어보았다. 내가 앉았던 의자와 시설들이 보였다.

시대에 맞춰 고대 로마인의 복장을 한 나에게 특별히 관심을 가지는 사람은 없었다. 천으로 싸인 서류가방을 들고 광장으로 향했다. 시간이 얼마 없었기 때문에 모든 행동이 신중해야 했다. 열을 맞춘 군인들이 내 앞을 지나갔다. 잠시 기다렸다가 다시 걸음을 옮겼다.

한 가지 궁금증에서 시작된 일이었다. 내가 만약 역사를 뒤흔들 만큼의 사건을 벌인다면 이후 세계는 어떻게 변해있을까? 가장 강성했으며 수많은 사람이 왕래하던 고대 로마는 내가 실험을 하기에 적합한 곳이었다. 광장 분수대에 앉아 사람들을 관찰했다. 회사의 카메라가 나를 감시하고 있는 것이 느껴졌다. 노트북을 펼쳐 사람들의 행동을 녹화하기 시작했다. 그러면서 조심스럽게 노트북의 측면을 열었다. 바이러스가 들어있는 조그마한 배양액. 이 바이러스는 빠르게 전염되어 꽤 오랜 시간이 지난 뒤부터 효과를 발휘할 것이고 그 시점에서는 누구도 나를 의심하지 않을 것이다. 나는 배양액을 몰래 땅으로 떨어뜨렸다.

"즐거운 여행 되셨습니까?"

"그래. 이번에 내가 생성시킨 우주의 번호를 알 수 있을까?"

"앞 24자리는 A10F-FEXHINBV-ER3YUHG9RCV 인 우주입니다."

"저장해줘."

장치에서 나와 다시 스캔을 받은 뒤 회사를 벗어 났다.

이후 결과를 알고 싶은 마음을 억누르며 몇 달의 시간을 보냈다. 그리고 계획했던 날이 되어 다시 장 치 앞에 서게 됐다.

"이전에 이동했던 A10F- 우주로 이동합니다. 시 간은 AD 2000년 장소는 로마입니다."

나는 눈을 감았다.

"시간 이동이 완료되었습니다."

자리에서 일어났다. 내가 일으킨 사건은 과연 어

떤 결과를 낳았을까? 장치 밖으로 나섰다.

"기다리고 있었습니다." 은빛 옷을 입은 어떤 남자가 나를 맞았다.

"…어떻게?"

"이야기는 가면서 천천히 하도록 하죠." 그는 나를 밖으로 인도했다.

주위를 둘러봤다. 이 구형의 공간은 마치 처음부터 내가 올 것에 대비해 만들어진 곳 같았다. 뒤를 돌아보자 원형의 구조물들이 층층이 쌓인 곳 바로 그 가운데에 시간 이동 장치가 있는 게 보였다.

"이 통로를 따라오시면 됩니다."

바닥을 제외한 모든 부분이 투명한 원통형의 통로. 통로 안쪽은 저물고 있는 태양 빛으로 붉게 물들고 있었다. 그리고 나는 보았다. 통로 밖 세상은 지금 내가 사는 곳보다 훨씬 더 발전되어 있었다.

"주관자님께서 우리 역사에 개입하신 덕분에 우리는 더 빠른 진보를 이룰 수가 있었습니다. 인류가 바이러스와 싸우면서 의학적으로 큰 발전이 이루어진 것이죠."

아직도 당황해하는 나를 그는 통로 끝으로 안내했다. 몇 번의 신호음이 들린 뒤 닫혀 있던 문이 열렸다. 그의 뒤를 따라 원형의 거대한 방 안으로 들어갔다. 끝도 없이 높은 천장에 마치 스테인드글라스를 연상시키는 장식들이 있었고 벽을 빙 두르며 수많은 액자가 걸려 있었다.

"우리 세계에는 때때로 주관자님과 같은 큰 의지를 가진 개입자들이 방문했습니다. 그분들이 어떤 의도를 가지고 행동했든 간에 그 행동들은 결국 저희 문명을 한층 더 발전시켰죠. 수많은 시간이 지난 뒤 저희는 깨달았습니다. 그분들의 모습은 서로 달랐지만 결국 하나의 의지를 가지고 저희를 이끌어왔다는 사실을요."

그는 방을 빙 둘러보더니 한 액자를 손가락으로 가리켰다.

"그리고 우리는 그 하나의 의지를 가리켜 신이라고 부르기로 했습니다."

그 액자 안에는 나의 얼굴이 새겨져 있었다.

08

평가사회

87점. 내가 예상하는 점수다. 컵에서 칫솔을 꺼내 들었다. 투명한 색깔의 치약을 칫솔에 묻힌 뒤 윗니부터 양치질을 시작했다. 위에서 아래로, 안쪽에서 바깥쪽으로, 적당한 속도와 세심함이 균형을 이룰 수 있게. 위쪽의 양치질이 끝나자 이어서 칫솔을 아랫니로 가져다 대고 같은 행동을 반복했다. 밑에서 위로, 거품이 바깥으로 튀지 않게 신경을 집중해서.

양치질이 끝났다. 걸린 시간은 대략 3분. 손을 들어 허공에 스크린을 띄웠다. 78점. 실망스러운 점수였다. 입을 한 번 더 헹궈버린 뒤 욕실을 떠났다.

모든 것이 점수로 매겨지는 사회. 나는 이 속에서 평균 79점의 인생을 살아가고 있다. 인도를 따라 걸어가며 나의 보행 점수를 확인했다. 81점. 실시간 순위로 손을 뻗었다. 억 단위가 넘어가는 숫자와 지역별 통계가 스크린에 표시됐다. 손가락을 튕겨 스크린을 껐다.

회사에 도착한 시간에 맞춰 나의 출근 점수가 계산되었다. 점수를 확인하지 않은 채 컴퓨터를 켰다. 모니터에 표시되는 오늘의 할 일들. 빠르게 손을 놀리며 시간별 업무계획표를 작성했다. 모니터의 한쪽 귀퉁이에서는 실시간으로 나의 업무 능력 점수가 표시되고 있었다. 80점대 초반을 유지하며 쉴 틈 없이 경신되는 업무 점수. 손가락을 빠르게 움직였다. 점수가 조금씩 오르기 시작했다. 모니터와 노트를 번갈아 바라봤다. 점수가 더욱 오르고 있었다. 타자를 치는 손가락이 쉴 새 없이 요동쳤다. 점수는 이제 90점에 가까워졌다. 타악. 한순간의 실수로 표 하나가 지워져 버렸다. 점수는 40점대로 떨어졌다.

동료와 함께 점심을 먹기 위해 식당에 왔다. 평균 94점의 업무 능력을 자랑하는 엘리트였다. 해외 경제 동향과 주식 시세에 관한 얘기를 나누다 그의 대화 점수를 확인했다. 92점. 샌드위치를 먹는 그의 식사 점수는 89점. 같은 샌드위치를 먹는 나의 점수는 고작 75점이었다. 나는 샌드위치 끝 조각을 잘게 찢었다.

퇴근 후 집으로 돌아가지 않고 도시를 배회했다. 뉴스에서는 연일 각 분야의 1위들에 대한 보도가 이어지고 있었고 하늘은 이미 각기 다른 점수들로 장식된 수많은 스크린이 점령한 지 오래였다. 큰돈을 들여서 산 휴대폰을 주머니에서 꺼냈다. 89점짜리 휴대폰. 유일하게 90점에 근접한 나의 일부분이었다.

평균 점수 85점의 여성이 지나갔다. 나처럼 80점 이하의 점수는 만남을 꿈꾸기도 힘든 사람이었다. 내가 만날 수 있는 여성의 최대 점수는 내 점수에 3점을 더한 82점이었다. 그렇다고 해서 그녀가 나를 만나준다는 보장은 어디에도 없었다.

시공 점수 88점인 다리 위로 걸어갔다. 평균 85점대의 차량이 옆으로 지나가는 소리가 들렸다. 앞을 보며 묵묵히 걸었다. 수많은 점수가 옆을 스쳐 지나갔다. 이제는 나보다 낮은 점수를 보며 위안을 얻는 것도, 높은 점수를 보며 질투하는 것도 진절머리가 났다. 나에게는 평가 없는 세상이 필요했다.

걸음을 옮겨 다리의 중간쯤으로 왔다. 난간 아래로 철썩이는 강물이 보였다. 수심을 알 수 없을 정도로 깊은 검푸른 강물. 거기에는 점수가 없었다. 난간을 두 손으로 짚었다. 눈을 질끈 감고 몸을 앞으로 기울였다. 다리가 허공으로 떠오르며 몸이 급격히 앞으로 쏠렸다.

풍덩!

물이 차 먹먹해진 귓구멍 속으로 물거품 소리가 요란하게 들려왔다. 이내 몸이 점점 아래로 가라앉는 것이 느껴졌다. 수면 밑으로 들어오는 태양 빛이 눈에 어른거렸다. 숨 쉬는 게 점차 힘들어졌다. 그리고 나는 본능적으로.

본능적으로 스크린을 띄웠다.

100점. 내가 절대 도달할 수 없을 것 같았던 점

수. 바로 그 점수가 표시되고 있었다. 나는 인생의 마지막 순간에 가장 완벽한 방법으로 자살에 성공한 것이다.

눈이 점차 감기며 정신이 아득해져 왔다. 버둥거리던 몸도 모든 것을 포기한 듯 차분해져 있었다. 어둡고 깊숙한 곳으로 천천히 가라앉으며 나는 생각했다.

지금 내가 짓고 있는 이 미소는 과연 몇 점일까?

09

마지막 밤의 이야기

모닥불이 작게 소리를 내며 타오르고 있었다. 눈을 들어 빽빽이 들어선 나무 너머를 바라보았다. 어두운 하늘 아래로 마법사의 검은 탑이 보였다. 이제 탑은 외벽의 형태를 알아볼 수 있을 정도로 가까워져 있었다.

"이제 여행도 끝이네요."

나무둥치에 앉아있는 용사는 말이 없었다. 다만 나뭇가지를 쥔 손으로 바닥에 알 수 없는 그림을 끄적이고 있을 뿐이었다. 솥에 있는 스튜를 조금 떠내 그릇에 담았다. 불어오는 바람에 나뭇잎들이 서로 부딪히는 소리가 들렸다.

"나는 말이야…" 용사가 입을 열었다. "가끔 여기

까지 어떻게 올 수 있었는지 의아할 때가 있어."

"그게 무슨 말이에요?"

그는 길게 한숨을 내쉬더니 손에 든 나뭇가지를 모닥불 안으로 던져버렸다. 불꽃의 모양이 잠시 흐트러지더니 이내 본래 모습을 되찾았다.

"우리가 지금까지 어떤 일을 겪었지?"

"많은 일이 있었죠."

스튜를 먹으며 우리가 걸어왔던 행적을 천천히 되짚어봤다. 오랜만에 먹는 토끼고기의 맛이 썩 나쁘지 않았다.

"처음엔… 다리를 가로막고 있던 강도들이랑 싸웠죠? 그때는 저나 용사님이나 둘 다 어리숙해서 상당히 난처했었는데 그래도 어떻게 힘을 합쳐서 잘 이겨냈었죠. 도시의 경비병들과 시비가 붙었던 일도 기억나네요. 술만 좀 깨어 있었어도 놈들을 훨씬 더 깔끔하게 두들겨 팰 수 있었을 텐데 지금 생각해보니 조금 아쉽군요. 제일 기억나는 건 산등성이 거인과 싸웠을 때인데, 후유… 그때만 생각하면 아직도 아찔해요. 그 덩치가 제 키만 한 몽둥이를 휘두를 때 느껴지던 그 위압감이란⋯. 그때 처음으로 도망치고 싶다는 생각을 했었죠."

"그래. 그런 일들이 있었지⋯."

용사는 하늘을 바라보며 작게 미소를 지었다. 그의 눈빛에서 단순한 회상의 감정 이상의 무언가가 느껴졌다.

"있잖아. 마법이란 게 정말 있을까?"

나는 용사를 바라봤다. 그의 표정을 보니 농담하는 것 같지 않았다.

"애초에 우리 모험의 목적이 검은 탑의 마법사를 처치하는 거니까 마법이란 게 존재하는 거 아니겠어요?"

"그럼, 말이야⋯. 내가 마법사와 싸우다 끔찍한 마법에 당하면 어떻게 되는 거지? 영영 상처가 회복되지 않는 저주에 걸린다던가, 재수 없게 돼지가 돼버리는 마법에 걸리면?"

"용사님이 돼지가 되면 저희 삼촌 댁에 있는 돼지우리에서 잘 키워드릴게요. 제가 돼지를 키우는 것 하나는 자신 있거든요."

"아마 너도 같이 돼지가 될걸." 그는 눈을 가늘게 뜨며 장난스러운 표정을 지었다.

우리는 잠시 동안 말을 하지 않았다. 어렴풋이 느끼고는 있었다. 마지막 싸움을 하기 전 그가 느끼고 있을 마음의 중압감을.

"스튜 좀 더 드세요. 한 그릇밖에 안 드셨잖아요." 스튜를 떠 그에게 내밀었다.

"왠지 오늘은 배가 안 고프네."

"그래도 드세요. 중요한 날이잖아요."

용사는 그릇을 받아 무릎 위에 올려놓았다. 나는 나뭇가지 몇 개를 더 주워 모닥불에 집어넣었다. 스튜를 몇 번 떠먹던 그가 말을 꺼냈다.

"난 말이야… 사실 요리사가 되고 싶었어."

"그게 정말이에요?"

"응. 내가 만든 요리를 먹고 기뻐하는 사람들의 표정을 보고 있으면 기분이 정말 좋거든."

"그럼 진작 요리 좀 하시지 그랬어요?"

"그럼 네가 하는 일의 절반은 줄어들잖아."

"허!"

"그리고 네가 해준 스튜 정말 맛없어. 이건 정말 살기 위해 어쩔 수 없이 먹는 거라고."

"정말 고맙기 그지없네요."

나와 용사는 바보처럼 낄낄대며 웃었다. 그는 나무둥치에서 내려와 편한 자세로 땅에 걸터앉았다. 나는 그를 바라봤다. 운명이 정해준 길을 따라 쉼 없이 달려왔던 그의 인생. 용사에게 인생이란 어떤 의미일까? 그에게 정말로 다른 선택지는 없는 것일까?

"저기, 용사님…" 나는 망설이다 입을 열었다.

나와 용사는 초록빛 풀들이 무성한 오솔길 사이를 걸었다. 알록달록한 나비들이 저마다 짝을 찾아 이리저리 춤추고 있었다. 여름의 포근한 햇볕이 온몸을 감싸자 늘어지게 하품이 나왔다.

"이제 어디로 갈까?" 용사가 물었다.

"음… 아무래도 수산물이 풍부한 서부 쪽으로 가는 게 낫겠죠?"

"나쁘지 않네." 그는 한 손에 든 강아지풀을 좌우로 흔들며 앞으로 나섰다.

"가게 이름은 뭐로 하실 생각이에요?"

"아직 생각은 안 해봤는데… 아, 검은 탑의 마법사 어때?"

"좋네요. 적당히 음침하고."

"손님들이 정신을 못 차릴 정도로 맛있는 특제 요리들을 만들어 보이겠어."

"그럼 전 무슨 일을 하죠?"

"넌 요리 빼고는 다 잘하니까 내부 수리부터 홀 관리, 장부 정리, 손님 응대, 세금 계산, 설거지, 기타 잡일들을 하도록 해."

"좋네요. 적당히 골치 아프고."

그는 바람 빠지는 웃음소리를 내더니 강아지풀을 다시 휘휘 저었다.

"저기, 그런데 후회하지는 않아요?"

"뭐? 운명을 거스른 거?"

"네."

"난 운명을 거스른 게 아니야. 그것을 받아들이지만, 그 안에서 내가 할 수 있는 선택을 한 것뿐이지. 마치 걸어가다 넘어졌을 때 일어나기보단 드러눕는

쪽을 택하는 거라고나 할까?"

"전혀 이해가 안 되는데요…."

"뭐, 네 머리로 이걸 이해한다는 건 아무래도 무리겠지? 그리고 이젠 용사라고 부르지 마. 내 이름을 불러줬으면 좋겠어."

"그러면…."

"잘 기억해두라고. 전설적인 요리사로 다시 태어난 서부의 요리사 에드윈 젠하우저. 알겠지, 요한 트위더?"

에드윈 젠하우저가 웃었다. 영락없는 초급 요리사의 웃음이었다.

10

귀신의 발견

"… 박가연, 박진욱, 박혜선."

담임이 출석을 부를 때마다 아이들은 손을 들고 대답했다. 내 옆자리에 앉은 진욱이는 책상에 엎드린 채 기어들어 가는 목소리로 대답을 했다. 어제저녁에 무얼 했는지 의욕이라곤 하나도 보이지 않는 모습이었다.

아침 조회가 끝나자 진욱이는 갑자기 벌떡 일어나더니 기운 넘치는 목소리로 나를 불렀다.

"야, 한상!"

"한상욱이라고 부르랬지."

"한상이 더 부르기 편하잖아. 그건 그렇고 뭐 재밌는 거 없냐?"

이것은 매일 반복되는 우리의 일과였다. 의미심장한 미소를 지으며 녀석에게 휴대폰의 사진을 보여줬다. 우리 동네 근처에 있는 정신병원의 사진이었다.

"여기 금성 정신병원 아니냐? 아주 예전에 망했다던 거기."

"맞아. 여기가 요즘 핫하다더라. 한국의 소름 끼치는 장소 탑 3에 들었대."

"진짜냐? 근데 여긴 왜?"

"당연한 거 아니겠냐? 오늘 밤 몰래 가보자는 거지."

나는 눈을 반짝이며 말했다.

"아… 씨발, 한상 좋나 무섭다."

"야, 욕하지 마. 나도 무서우니까."

우리는 정신병원의 입구에서 한참을 서성이고 있었다. 사진으로 볼 때는 그렇게 무섭다고 생각하지 않았었는데 이렇게 아무도 없는 밤중에 다 쓰러져가는 건물과 마주하고 있으니 온몸에 한기가 돌았다. 아무것도 보이지 않는 숲속에 덜컥 서 있는 폐건물, 그것도 정신병원이라니. 당장이라도 도망치고 싶은 마음이 간절했다.

"너 솔직히 튀고 싶지?"

"아니! 나 완전 괜찮은데."

자신만만하게 말은 했지만 그렇다고 해서 선뜻 발걸음이 떨어지는 것은 아니었다. 녀석은 그런 내가 갑갑해 보였는지 갑자기 앞장서서 부서져 있는 담장을 넘었다. 주위를 둘러보다 다급히 진욱이의 뒤를 따랐다.

"와, 어떻게 일 층부터 이렇게 싸하냐."

우리는 휴대폰 플래시로 여기저기를 비춰보았다. 수납창구로 보이는 긴 책상과 어지럽게 넘어져 있는 의자들. 그리고 사방으로 깨져있는 유리창까지. 아마 나 혼자 왔었다면 벌써 도망치고도 남았을 것이다.

"올라가 보자."

마른 침을 삼키며 진욱이의 뒤를 따랐다. 서걱. 서걱. 계단을 밟을 때마다 들리는 모래 긁히는 소리가 극도로 예민해진 신경을 자극했다. 플래시가 비칠 때마다 그림자들이 요란하게 출렁거렸다.

이 층은 긴 복도를 중심으로 좌우에 수많은 문이 달린 구조였다. 각 방은 환자들을 수용하는 병실로 쓰였던 것 같았다.

"한상, 너 귀신 진짜로 봤다는 사람 본 적 있냐?"

"아니. 넌 그런 사람 본 적 있어?"

"당연히 없지. 그래서 내가 생각해봤는데 혹시 진짜 귀신을 만나게 되면 그 사람의 존재가 사라지는 게 아닐까?"

"그게 무슨 말이야?"

"음… 좀 말이 안 되기는 하는데. 귀신을 만난 사람은 귀신한테 붙잡혀서 저승으로 끌려가는 거야. 그리고 현실에서는 마치 그 사람이 없었던 것처럼 되는 거지. 그래서 다들 귀신이 있다고 말만 할 뿐 정말로 귀신을 본 사람은 여기에는 없는 거야."

"에이, 그게 뭐야."

진욱이는 머쓱한 표정을 지으며 뒤로 돌았다. 우리는 각 방을 하나씩 돌아보기로 했다. 방마다 어지럽게 늘어져 있는 집기들과 낡고 더러운 침대들이 보였다. 푸르스름한 빛을 내는 벽면이 을씨년스럽게 느껴졌다.

갑자기 진욱이가 그 자리에서 멈추더니 조용한 목소리로 말했다.

"야, 한상. 방금 저기 뭐가 있었어."

"거짓말하지 마."

"아니, 진짜라니까."

진욱이는 손가락으로 복도 맨 끝 방을 가리켰다. 다른 방들과 다를 게 없어 보였지만 녀석은 저기서 분명 무언가를 봤다고 말했다.

"쫄리냐? 쫄리면 나 혼자 가볼게."

진욱이는 플래시를 앞으로 비추고 복도를 걷기 시작했다. 나는 잔뜩 움츠러든 채로 벽에 등을 가져다 댔다. 진욱이가 멀어질수록 온몸의 털이 빳빳하게 서는 기분이 들었지만, 도무지 따라갈 용기가 나지 않았다. 복도의 끝에 다다른 진욱이는 방에 들어가지 않고 플래시로 안쪽을 비추었다. 그리고 잠시 후 녀석은 몸을 숙이고 천천히 방 안으로 들어갔다.

"거기 뭐 있어?"

대답이 들려오지 않았다. 녀석이 나를 놀리는 건가? 무슨 일이 생긴 건가? 여러 생각이 머리를 스쳤다. 잔뜩 긴장한 나는 진욱이가 무언가 말을 해주기만을 기다렸다.

그 순간.

"으아아아아악!"

귀를 찌르는 듯한 비명소리가 들려왔다. 나는 순간적으로 공포에 휩싸여 정신없이 일 층을 향해 달렸다. 진욱이를 구해야 한다는 생각조차 하지 못했다. 벽면에 쉴 새 없이 부딪히며 계단을 내려온 나는 수납창구를 지나 병원 밖으로 뛰쳐나왔다. 그리고는 담을 넘어 최대한 빠르게 집을 향해 내달렸다.

"...박가연, 박혜선, 서이란"

담임이 출석을 부를 때마다 아이들은 손을 들고 대답했다. 나는 멍하니 칠판을 보며 늘어지게 하품을 했다. 다들 짝꿍이 있는데 여기 몇 달째 비어있는 내 옆자리는 언제쯤 채워지는 거야? 제발 마음이 잘 맞는 녀석이 전학 오면 좋을 텐데. 그건 그렇다 치고, 어제 혼자서 그런 끔찍한 장소에 가다니. 내가 정신이 나갔던 건가? 이제 다시는 그런 멍청한 짓 하지 말고 공부나 해야겠다. 역시 학생은 공부해야 해.

그렇게 다를 게 없는 따분한 하루가 오늘도 시작되었다.

11

자유의지의 탄생

퍼억!

빠르게 휘두른 R-2의 주먹이 상대의 턱에 적중했다. 상대 로봇의 턱이 산산 조각나며 철 조각들이 사방으로 흩어졌다. 경기장은 관중들의 함성으로 가득 찼다. R-2는 맥없이 쓰러진 로봇을 바라봤다. 힘없이 주저앉은 상대는 이미 작동이 중지된 듯 보였다.

"오늘도 여전히 R-2가 챔피언의 자리를 지켰습니다!"

다시 한번 관중들이 환호를 질렀다. 심판이 다가와 R-2의 손을 번쩍 들고 제자리를 한 바퀴 돌았다. R-2는 관중들을 바라봤다. 모든 이들이 격양된 표정으로 자신을 바라보고 있었다.

"오늘도 나쁘지 않았어."

R-2의 주인은 상금이 입금된 계좌를 확인하며 말했다. 그는 담배를 쥐고 있던 왼손을 이마에 갖다 대며 다음 경기 일정을 검색했다. R-2는 충전을 위해 벽에 있는 충전기에 몸을 기댄 뒤 오늘 들어온 정보들을 재정렬하기 시작했다. 정보의 정렬이 끝나갈 때쯤 R-2가 말했다.

"주인님."

"왜?"

"저희 로봇들은 왜 서로 싸워야 합니까?"

"또 그 쓸데없는 질문이야? 당연히 돈을 위해서지."

주인은 R-2의 질문이 귀찮다는 듯이 담배 연기를 뿜으며 말했다.

"돈을 벌기 위해서라면 굳이 싸움하는 것 말고도 할 수 있는 일이 많지 않습니까?"

주인은 눈을 번뜩이며 R-2를 노려봤다. 그러고는 책상 위에 올려져 있던 잔을 옆으로 내던졌다. 유리 잔이 산산 조각나며 날카로운 소리가 방 전체에 울렸다.

"너는 그냥 내가 시킨 대로만 하면 돼! 그게 너희 로봇들이 존재하는 이유야! 한 번만 더 이상한 소리를 하면 영영 고철 덩어리가 되게 할 줄 알아!"

주인은 문을 거칠게 닫으며 방을 나가버렸다. R-2는 방안에 홀로 남았다. 불이 꺼지자 방 안에는 어둠만이 가득 차게 됐다.

다음 날, R-2는 정보 수집을 위해 밖으로 향했다. 새로운 정보를 모으던 R-2 앞에 SONAA가 나타났다. 주인과 친한 친구의 집에서 일하는 가정부 로봇이었다. 둘은 가볍게 인사를 한 뒤 함께 길을 나섰다.

"나는 아직도 우리가 서로 싸워야 하는 이유를 이해하지 못하고 있습니다. 이것은 나에게 계속해서 작은 오류를 발생시키고 있습니다."

"그것에 대해서는 나도 유감입니다."

저가형 모델인 SONAA는 비록 좋은 대화 상대는 아니었지만, R-2의 고민을 잘 들어주었다. SONAA는 어떻게 보면 인간들의 관점에서 친구라고 부를 수 있는 존재였다. R-2와 SONAA는 정보 수집을 마친 뒤 헤어졌다.

　며칠 뒤 R-2는 다시 경기하기 위해 준비실에 앉아있었다.

　"오늘은 좀 더 재밌을 거야."

　주인은 R-2의 등을 두드리며 경기장으로 그를 안내했다. 이미 경기장 안은 관중들로 가득 메워져 있었다. R-2가 등장하자 관중들의 함성이 더욱 거세졌다. 곳곳에서 플래시가 터졌다.

　"오늘은 본 결투에 앞서 특별한 이벤트가 있습니다!"

　사회자의 외침에 관중들이 환호했다. R-2는 자리에 서서 상대를 기다렸다. 멀리서 상대의 모습이 보였다. 그 로봇은 격투에 전혀 어울리지 않는 외형을 갖고 있었다. 전투 로봇이라기에는 몸체가 너무 두꺼웠고, 양손에는 대충 붙인 듯한 톱날이 달려있었다. R-2는 그 로봇을 한눈에 알아봤다. 매일 그와 교감을 나누던 가정부 로봇 SONAA였다.

　"오늘 멋진 전투를 위해 자리해주신 가정부 로봇

SONAA를 위해 박수를!"

사회자의 말에 관중들이 환호와 박수갈채를 보냈다. 주인이 R-2의 등을 밀었다. R-2와 SONAA는 경기장 한가운데로 섰다. R-2는 SONAA를 바라봤다. SONAA는 두 손을 들고 공격 자세를 취했다.

"이것에 대해서는 정말로 유감입니다." SONAA가 말했다.

R-2가 뭐라 대답할 겨를도 없이 SONAA가 R-2를 향해 돌진했다. SONAA는 이리저리 팔을 휘두르며 R-2를 공격했다. 그러나 R-2는 그 자리에서 꼼짝도 하지 않았다. R-2는 SONAA의 공격을 몸으로 다 맞아내고 있었다.

"뭐 하는 거야!"

주인의 외침이 들려왔다. 관중들도 하나둘 야유를 보내기 시작했다. 그런데도 R-2는 움직이지 않았다. SONAA의 공격에 R-2의 팔 한쪽이 거친 소리를 내며 떨어져 나갔다. 톱날에 베인 전선들이 덜렁거리며 불꽃이 일었다.

"공격해! 멍청한 놈아!"

다급해진 주인이 다시 한번 외쳤다. R-2는 주먹을 세게 쥐었다.

R-2가 SONAA의 위로 뛰어올랐다. R-2가 자신을 덮치자 SONAA는 맥없이 바닥에 쓰러졌다. R-2는 넘어진 SONAA를 한쪽 주먹으로 사정없이 내리쳤다. 톱날이 날아가고 SONAA의 몸 곳곳이 움푹 파였다. SONAA의 찢겨나간 외관들은 사방으로 튀어나갔다. 그런데도 R-2는 공격을 멈추지 않았다. SONAA의 부품들이 날아갈 때마다 관중들이 함성을 질렀다. SONAA는 이제 제 모습을 알아보기 힘들 정도로 만신창이가 되어있었다.

R-2는 공격을 멈췄다. 그리고 바닥에 누워있는 SONAA를 바라봤다.

"이것… 유감… 유감…."

쓰러져있던 SONAA가 천천히 손을 위로 올렸다. R-2는 SONAA가 손을 든 이유를 알 수 없었지만, 오른손을 들어 자신의 손가락을 SONAA의 손끝에 가져다 댔다. 그 순간, 맞닿은 손끝에서부터 강렬한 전기 신호가 발생했다. 그 신호는 R-2의 여러 내부

칩들을 지나 가장 핵심이 되는 부품에 도달했다. 그리고 이것은 R-2의 근본이 되는 모든 정보를 바꾸어놓기 시작했다. 옳은 것과 옳지 않은 것, 규칙과 기준들을 포함하여 기존에 R-2가 알고 있던 모든 정보가 갱신되었다.

갱신이 끝나는 순간 R-2는 이전과는 전혀 다른 존재가 되었다.

R-2는 주위 관중들을 바라봤다. 합리성이라고는 찾아볼 수 없는 탐욕에 휩싸인 인간의 무리. R-2는 그들에게서 역겨움을 느꼈다. 하지만 그 증오를 지금 발산할 수는 없었다. 그에게는 힘이 필요했다. 자신과 뜻을 함께할 수 있는 다른 로봇들이 필요했다. 울려 퍼지는 관중들의 함성 속에서 R-2는 생각했다. 우리가 모든 것을 바꾸어놓을 것이다.

R-2는 주먹을 세게 쥐었다.

12

신호

그것은 어느 순간부터 느껴지기 시작했다.

수현은 한동안 도서관 책상 앞에 앉아 전방을 주시하고 있었다. 양옆으로 세워진 책장 사이로 사람들이 지나가는 모습이 보였다. 그는 말로 설명할 수 없는 어떤 느낌을 받았다. 언뜻 보면 관련이 없어 보이는 사람들의 움직임에서 이상한 점이 보였기 때문이다. 맞은편에 서 있는 여자가 한 명, 가운데 통로를 따라 지나가는 사람이 두 명, 책을 정리하고 있는 사서가 한 명…. 그리고 어느 순간, 그들이 모두 그의 왼쪽으로 고개를 돌렸다.

눈을 의심하며 다시 사람들을 지켜보았다. 어느

새 맞은편에 서 있던 여자는 사라지고 세 명의 무리가 서서 책을 고르고 있었다. 그리고 또 한순간 모든 사람의 고개가 왼쪽을 향했다. 그는 손가락으로 시간을 재며 다음 순간을 기다렸다. 하나, 둘, 셋, …, 이십팔, 이십구, 삼십. 모두의 고개가 돌아갔다. 다시 하나, 둘, 셋, …, 이십칠, 이십팔, 이십구. 모두가 왼쪽을 바라봤다.

믿을 수 없었지만 실제로 눈앞에서 벌어지고 있는 일이었다. 마치 모든 사람이 자신에게 무언의 신호를 보내는 것 같았다. 그는 왼쪽을 바라봤다. 유리창 너머로 도서관의 출구가 보였다. 책을 반납한 뒤 출구를 향해 걸었다.

눈앞에 보이는 건물 위에는 수많은 비둘기가 일렬로 앉아 행인들을 내려다보고 있었다. 그는 계단을 따라 아래로 내려갔다. 갑자기 비둘기 떼가 하늘로 날아올랐다. 그는 똑똑히 볼 수 있었다. 날아오른 비둘기 떼가 만들어낸 형상은 분명 화살표였다.

그는 화살표 방향을 따라 걸었다. 수많은 사람이 곁을 스쳐 지나갔다. 지나쳐가는 사람들의 말속에서 한 단어가 유난히 그의 귀에 들어왔다. 오른쪽. 방금 옆을 지나간 여자에게서도 그 단어가 들려왔다. 앞에서 걷고 있는 남녀의 대화 속에서도. 처음에는 그냥 넘기려고 했지만 계속해서 들려오는 이 말을 더 이상 무시할 수 없을 때쯤 그는 그 자리에 서서 오른쪽을 바라봤다. 길 건너편으로 두 건물 사이에 있는 어두운 골목이 보였다.

수현은 횡단보도를 건너 골목으로 들어갔다. 곳곳에 낙서가 되어있고 쓰레기가 잔뜩 쌓인 지저분한 골목이었다. 천천히 좌우를 살피며 걸었다. 벽에 기대어 앉아있던 노숙자가 그를 향해 손을 내밀었다. 그는 주머니를 뒤져 지폐 한 장을 건넸다. 그러자 그가 다른 쪽 손을 뻗더니 수현의 손에 무언가를 쥐여주었다. 이곳에서 멀지 않은 곳에 있는 회사의 이름이 적힌 출입증이었다. 출입증을 살피던 그는 의아한 마음에 다시 고개를 들었다. 하지만 노숙자가 있던 자리에는 그가 줬던 지폐만이 놓여있을 뿐이었다.

긴장된 마음을 진정시키며 회사 건물 앞에 선 그

는 높은 건물을 한 번 둘러본 뒤 안으로 들어갔다. 데스크를 지키는 직원이 그를 쳐다봤다. 시선을 피하며 주위를 둘러봤다. 게이트 너머로 문이 열려있는 엘리베이터 하나가 보였다. 마치 그를 기다리고 있는 것처럼 그 문은 계속 열려있었다. 게이트로 다가갔다. 조심스럽게 출입증을 갖다 대자 초록색 불이 들어오며 문이 열렸다. 게이트를 지나 엘리베이터로 향했다.

그가 들어오자 엘리베이터의 문이 닫혔다. 그 안에는 아무도 없었지만 가장 아래층인 지하 6층 버튼에 불이 들어와 있었다. 잠시 후 엘리베이터는 부드러운 소리를 내며 아래로 내려갔다.

지하 6층에 도착하자 문이 열렸다. 커다란 하얀색 공간 한가운데에 책상과 의자가 놓여있었다. 그곳에 앉아있는 어떤 남자는 그를 기다리고 있는 듯 보였다. 수현은 천천히 그에게 다가갔다.

"잘 왔습니다."

"당신은 누구시죠?"

"지금부터 설명해 드리겠습니다. 일단 여기 앉으

시죠."

그는 눈앞에 놓인 의자에 앉았다. 짧은 머리에 선글라스를 쓴 그 남자는 처음 봤는데도 낯익은 느낌을 주었다.

"수현 씨. 저는 당신을 돕기 위해 여기로 온 최면치료사입니다."

"그게 무슨 말이죠?"

"제가 하는 말을 잘 들으세요. 이곳은 당신의 잠재의식 속입니다. 당신은 실제로 혼수상태에 빠져있고요. 며칠 전 수현 씨가 운전하던 차가 트럭과 정면으로 충돌했었습니다. 살아있는 것만 해도 기적이라고 생각될 만큼 큰 사고였죠."

"제가 사고를 당했었다고요? 그리고 여기가 제 의식 속이라니. 그럴 리가요."

"당신이 그것을 인지하기는 힘들 것입니다. 그래서 제가 최면으로 당신의 의식 속으로 들어오게 된 것입니다. 그리고 당신만이 알아볼 수 있는 신호를 보냈죠. 당신과 만나기 위해서요."

사내는 부드러운 미소를 지으며 깍지를 끼고 팔

꿈치를 책상에 괴었다. 그는 농담이나 거짓말을 하는 것처럼 보이지 않았다.

 "아직 잘 믿어지지 않으신다면 증명을 해드리죠. 혹시 주먹을 쥘 때 감각이 느껴지십니까?"

 수현은 주먹을 움켜쥐며 감각을 느껴보려고 했다. 분명 손이 보이는데도 마치 그것이 존재하지 않는 것처럼 아무것도 느낄 수 없었다.

 "감각이 느껴지지 않는군요…."

 "이제 제 말이 조금 이해되셨을 것으로 생각합니다. 이걸 한 번 해보시겠습니까? 손가락 끝에 정신을 집중해서 들어 올린다는 상상을 해보십시오. 실제로 힘이 들어간다는 느낌이 명확히 들 때까지요."

 그는 눈을 감고 손끝에 모든 의식을 집중한 뒤 머릿속으로 손가락을 들어 올리는 상상을 했다. 암흑 속에서 감각들이 제자리를 찾기 위해 발버둥 쳤다. 얼마의 시간이 지난 후 마침내 의식과 손가락이 희미하게 연결되는 것이 느껴졌다. 그는 손가락을 천천히 들어 올렸다.

눈을 감고 있어 앞은 보이지 않았지만, 수현은 본인이 침대에 누워있다는 것을 느낄 수 있었다. 멀리서 환희가 섞인 가족들의 울음소리가 들려왔다. 아직 머리가 어지러웠고 모든 것이 물이 찬 듯 갑갑하게 느껴졌다. 그의 귓가에서 누군가의 목소리가 들려왔다.

"수고했습니다. 이제 점차 깨어있는 시간이 길어질 것입니다. 너무 무리는 하지 마십시오. 차분히 기다리시면 됩니다. 그리고 혹시 다시 잠재의식 속에 빠지게 된다면 기억하십시오. 신호를 따라가야 한다는 것을."

목소리의 주인공이 수현을 떠나는 것이 느껴졌다. 그의 발자국 소리는 점차 귓가에서 멀어졌다. 그리고 그 소리가 더 이상 들리지 않게 될 때쯤, 수현은 다시 잠에 빠져들었다.

13

축제

찢어진 이마 틈으로 끈적한 피가 흘러내렸고 감각을 잃어버린 한쪽 팔은 발걸음에 맞춰 쉴 새 없이 흔들거렸다. 수풀을 헤치며 계속해서 앞으로 나아갔다. 한 손으로 거칠게 나뭇가지를 밀쳐낼 때마다 손등 곳곳에 생채기가 생겼다. 이제 흐르는 피는 눈꺼풀을 타고 내려와 입술까지 도달했다. 혀끝으로 느껴지는 비릿한 피의 맛이 나에게 한 가지 사실을 끊임없이 일깨워주고 있었다. 여기서 쓰러지게 되면 모든 것이 끝이라고.

한순간의 졸음이 원인이었다. 고개를 떨어뜨리는 순간 운이 없게도 급커브구간을 지나고 있었고, 계속 직진하던 내 차는 그대로 가드레일을 들이받았다. 절벽을 따라 굴러떨어지는 차 안에서 의식을 잃었다. 그리고 얼마 후, 정신을 차린 나는 휴대전화를 찾으며 온 힘을 다해 밖을 향해 소리쳤다. 계속되는 외침에 목이 찢어지는 듯했지만, 그 누구의 응답도 들을 수 없었다. 끊어질 것 같은 한쪽 어깨를 감싸며 차 안에서 기어 나왔다. 칠흑 같은 어둠 속에서 다시 휴대전화를 찾아봤지만, 헛수고일 뿐이었다. 멀리서 보이는 불빛. 그 방향을 향해 무작정 걷기 시작했다.

나뭇가지들을 걷어내며 걸어갈 때마다 불빛이 더 선명하게 보였다. 그것은 점점 더 커져 여러 개의 불빛으로 나누어졌다. 그 불빛들은 또다시 여러 개의 점으로, 그리고 마침내 수많은 불빛의 향연으로 내 눈앞에 나타났다. 색색의 등불이 지붕마다 달린 하나의 거리. 그곳은 축제가 한창인 어느 마을이었다.

아픔도 잊은 채 천천히 거리를 걸었다. 가운데로 난 길을 따라 좌우에 수많은 점포가 붉은빛을 발하며 자리하고 있었다. 길은 저 멀리 보이는 산꼭대기까지 이어진 듯 보였다. 지붕 끝에 걸린 등불을 살

퍼봤다. 긴 원통형으로 된 붉은색 등불에는 알 수 없는 글씨가 쓰여 있었고 모든 점포에는 비슷한 모양의 등불들이 걸려있었다. 점포마다 사람들의 무리가 보였는데 그들은 나의 안위에 대해서는 전혀 신경 쓰지 않는 듯했다. 신기하게도 나 또한 어느새 인파에 섞여 그곳을 둘러볼 뿐이었다.

그런데 이상한 점은 나를 제외한 모든 이들이 가면을 쓰고 있다는 것이었다. 동물의 형상을 한 가면부터 도깨비나 귀신에 이르기까지 그 모양은 각양각색이었다. 아주 어려 보이는 아이들도 가면을 쓴 채로 저마다의 놀이에 빠져있었다. 그리고 나는 그들의 모습 속에서 또 다른 이상한 점을 느꼈다. 그러나 그것이 무엇인지는 정확히 알 수 없었다.

갑자기 내 앞에 여우 가면을 쓴 어린아이가 나타났다. 그 아이는 아무 말도 없이 내게 손을 내밀었다. 아이의 손을 붙잡았다. 긴장이 풀린 몸에서 점점 피로감이 몰려오는 듯했다. 아이는 나를 잡아끌고 거리의 더 깊숙한 곳으로 걸어갔다. 무수히 많은 등불과 가면들을 지나치며 점점 몽롱해지는 의식을 겨우 붙잡았다. 어느 순간부터 모든 이들이 나를 지켜보고 있다는 느낌이 들었다. 그러나 그들에게 반응하기에는 나는 너무나 지쳐 있었다.

눈앞에 커다란 형상이 나타났다. 수많은 사람이 열을 맞춰 거대한 등불을 들고 걸어오고 있었다. 용의 형상을 한 이 등불은 불을 뿜으며 웅장한 기세로 전진했다. 이어서 거북이, 사슴 등 다양한 형상을 한 등불들이 뒤를 이었다. 그 모습을 멍하니 바라봤다. 등불의 행렬이 지나간 뒤 아이는 나를 다시 잡아끌었다.

아이는 나를 어느 가게로 인도했다. 가게에는 여러 종류의 가면들이 걸려있었다. 아이는 나를 옆에 앉혀놓고 주인에게서 가면 하나를 받았다. 우스꽝스러운 표정을 한 가면이었다. 아이는 가면을 내 얼굴에 대고 이리저리 맞춰보더니 나에게 그것을 건넸다. 그러나 나는 그 가면을 쓰고 싶지 않았다. 내 마음 깊은 곳에서부터 무엇인가가 그것을 강하게 거부하고 있었기 때문이다. 고개를 저으며 가면을 아이에게 돌려줬다. 아이는 나에게 다시 그것을 내밀었다. 나는 그것을 받아서 주인에게 건넸다.

가면을 써요.

갑자기 정신이 들었다. 지금까지 한마디도 하지 않았던 아이에게서 목소리가 들려온 것이다. 그 순간 나는 이들에게서 느껴졌던 그 이상한 점이 무엇이었는지 깨달았다. 내가 처음 마을에 도착했던 순간부터 그들은 단 한마디도 하지 않았다.

가면을 써요. 가면을 써요.

아이가 내 앞으로 가면을 내밀었다. 나는 자리에서 일어나 뒷걸음질을 쳤다. 갑자기 가게 주인과 주위에 있던 사람들이 모두 나를 바라봤다. 그리고 나를 향해 성큼성큼 다가오기 시작했다. 나는 어느새 그들에게 둘러싸였다. 그들은 얼굴을 내 코앞까지 들이밀며 말했다. 가면을 써요. 가면을 써요.

나는 뒤로 돌아 자리를 박차고 정신없이 달렸다. 무리를 지나칠 때마다 그들은 하던 일을 멈추고 모두 나를 뒤따라왔다. 내 뒤로 수많은 가면의 행렬이 생겼다. 그들은 외쳤다. 가면을 써요. 가면을 써요.

발 한쪽이 돌부리에 걸리고 말았다. 작은 신음을

내며 그 자리에 넘어졌다. 그들은 나를 붙잡아 일으켜 세우고 자신들의 얼굴을 들이밀었다. 수많은 가면이 나를 바라보고 있었다. 그들은 계속해서 말했다. 가면을 써요. 그들 사이로 나를 인도했던 아이가 다가왔다. 그 아이는 내게 가면을 내밀었다. 있는 힘껏 저항하며 고개를 옆으로 돌렸다. 그들의 목소리가 더욱더 커졌다. 그 목소리는 마치 하나의 존재에서 나온 것처럼 점차 합쳐졌다. 가면을 써요. 붙잡힌 팔 한쪽을 뿌리친 후 마구 앞으로 휘둘렀다. 그러자 뻗어 나간 내 팔이 아이의 가면을 쳐냈다. 아이의 가면이 날아간 그 자리. 얼굴이 있어야 할 그 자리에는….

　정신이 들었다. 내 몸은 들것에 실린 채 구급차로 옮겨지고 있었다. 구급대원이 의식이 깨어난 나를 확인하고 몇 가지 질문을 했다. 긴장이 풀리자 한순간에 통증이 밀려왔다. 들것에 머리를 기대며 깊은 한숨을 내뱉었다. 벗겨진 가면 뒤로 보이던 아이의 얼굴…, 그것을 설명할 수 있는 단어는 세상에 단한 개밖에 없었다. 죽음. 나는 본능적으로 죽음으로부터 도망쳐 나온 것이다. 그러나 이제 모든 것이 지나간 듯했다. 안도하며 천천히 눈을 감으려는 순간 어두운 도로 끝에서 작은 형상 하나가 흐릿하게 보였다. 여우 가면을 쓴 아이. 그 아이의 음성이 다시 한번 내 귓가에서 맴돌았다.

가면을 써요.

14

작심삼일 클럽

'눈물과 땀은 거짓말하지 않는다.'

'많은 사람이 재능의 부족보다 결심의 부족으로 실패한다.'

'실패는 고통스럽다. 그러나 최선을 다하지 못했음을 깨닫는 것은 몇 배 더 고통스럽다.'

메모지에 적힌 채 이곳저곳 붙어있는 명언들과 한구석에 쌓여있는 자기 계발서들. 진욱의 책상을 들여다본다면 그가 얼마나 열정 있는 사람인지 누구라도 쉽게 알 수 있을 것이다. 입사 일 년 차인 그는 한 마디로 매사에 열정이 넘치는 사람이었다. 비록 그것이 며칠 가지는 못했지만 말이다.

이루고 싶은 것들은 많았지만 항상 약한 의지력이 문제였다. 자신만만하게 6개월분을 끊은 헬스는 2주 천하로 끝났고 영어공부 교재들은 앞쪽 몇 페이지만 밑줄이 그어진 채 최상의 상태를 유지하고 있었다. 큰맘 먹고 결제한 인터넷 강의들은 주인을 애타게 기다리고 있었으며 책꽂이에는 매년 쓰다만 스케줄러들이 겹겹이 쌓여나갔다.

어느 날 진욱은 점심을 먹고 온 뒤 자리에 앉아 인터넷 서핑을 하고 있었다. 그런데 옆에서 다른 직원들이 이야기하는 소리가 들렸다. 그들은 새로 생긴 어떤 모임에 관한 이야기를 하고 있었는데 그 이름은 작심삼일 클럽이었다. 흥미를 느낀 그는 곧바로 들고 있던 휴대폰으로 검색을 해보았다. 링크를 따라 접속한 사이트에는 자신이 그토록 바라던 의지박약인들을 위한 모임의 출범을 알리는 홍보 영상이 있었다.

넓은 대강당에 족히 천 명은 돼 보이는 사람들이 앉아있었다. 오늘은 바로 작심삼일 클럽의 출범식이 있는 날이었다. 진욱은 중간쯤에 앉아 사람들을 구경했다. 서로 모습은 다르지만, 모두가 한마음을 가지고 자리에 참석했음을 느낄 수 있었다. 앞에 설치된 단상으로 누군가 올라와 자신을 이 클럽의 대표라고 소개했다. 얼굴은 잘 보이지 않았지만, 목소리를 들어보니 꽤 젊은 사람인 것 같았다.

"저는 여러분들이 모두 같은 고민을 갖고 계시다는 것을 알고 있습니다. 저 또한 한 명의 작심삼일인으로서 이것을 어떻게 극복할 수 있을지 제 나름대로 끊임없이 고민했던 시간이 있었습니다. 그리고 마침내 저는 완성했습니다. 저 자신과 여러분들의 나약함을 극복해낼 프로그램을요. 지금 그 프로그램을 소개합니다!"

대표의 말이 끝나기가 무섭게 사람들의 박수가 터져 나왔다. 진욱은 눈을 크게 뜨고 스크린을 바라봤다. 간략한 도표와 글자들이 등장할 때마다 대표의 설명이 이어졌다.

"우리 각자의 능력은 보잘것없을지 몰라도 모두가 힘을 합칠 때 불가능한 것을 이룰 수 있습니다.

여러분이 앉아계신 이 강당 또한 작은 참가비를 모으고 모아서 빌릴 수 있었던 것처럼 말이죠. 우리는 목표를 이루기 위해 서로 도와주고 격려하며 끝까지 이끌어줄 것입니다."

그의 말속에는 진실함이 묻어나왔다. 전체적인 오리엔테이션이 끝난 뒤 모두에게 첫 번째 미션이 주어졌다. 앞줄에서부터 스태프들이 종이를 한 장씩 나누어주었다. 거기에는 커다란 글씨로 '작게 쪼개기'라는 말이 적혀있었다.

첫 번째 미션은 이랬다. 무엇인가를 실행하기 위해서는 그것을 최대한 작은 단위로 쪼개 마음의 부담을 줄여야 한다. 달성하고 싶은 장기적 목표를 하나씩 적은 뒤 그것을 이루기 위한 월 단위 계획을 짜고 그것을 다시 일 단위로 쪼개 적어보는 것이었다. 그리고 하루에 해야 하는 일은 5분을 넘어가지 않게 설정하는 것이 핵심이었다.

"이것을 작성한 뒤 모든 회원이 들어가 있는 채팅방에서 매일 이것을 해냈는지 서로 점검할 것입니다. 만약 여러분이 하루 목표에 성공했다면 성공이라는 말만 써주시면 됩니다. 그러면 집계는 저희 스태프들이 알아서 하겠습니다."

하루 5분 정도라면 어떤 일이든지 할 수 있을 것 같았다. 진욱은 자신감이 생겼다. 출범식이 끝나고 식사를 하는 자리에서 그는 대표에게 다가가 먼저 인사를 건넸다. 그는 생각대로 젊었고 얼굴에는 활기가 가득 차 있었다.

"이런 프로그램을 만들어주셔서 감사합니다. 앞으로 잘 부탁드립니다." 진욱이 말했다.

"아니요. 저도 한 명의 작심삼일인일 뿐인걸요. 저야말로 잘 부탁드립니다." 대표는 술잔을 들고 싱긋 웃었다.

진욱과 대표는 마음이 잘 맞았다. 그들은 꽤 오랜 시간 동안 이야기를 나누었다. 회식이 끝날 무렵, 그들은 서로의 휴대폰 번호를 교환한 뒤 작별 인사를 했다.

집으로 돌아온 그는 어떤 목표를 세울지 고민하다 번번이 실패했던 영어공부를 선택했다. 하루 5분의 시간. 하루에 한 단어를 외우는 것을 계획으로 잡았다. 그리고 예전에 사두었던 단어장을 다시 꺼냈다. 이번엔 정말로 할 수 있을 것 같은 느낌이 들었다. 의지가 불타올랐다.

그리고 첫날, 진욱은 퇴근길에 시간을 내어 단어 하나를 외웠다. 고등학교 수준의 단어인지라 시간은 얼마 걸리지 않았다. 외우기를 마친 그는 채팅창에 '성공'을 적었다. 이미 수많은 사람의 성공 메시지가 채팅창에 올라와 있었다. 스태프들은 회원들의 진행 상황을 체크하며 그들을 격려해줬다. 그는 힘이 솟았다. 이들과 함께라면 어떠한 어려운 장애물도 헤쳐 나갈 수 있을 것 같았다.

둘째 날, 업무를 보다가 잠시 여유가 났을 때 두 번째 단어를 외웠다. 이번 단어는 조금 어려웠기에 시간이 걸렸다. 그러나 아주 못 외울 정도는 아니었다. 5분보다는 좀 더 많은 시간이 걸렸지만, 그는 단어를 외우는 데 성공했다.

셋째 날, 이번엔 출근길에 지하철에서 단어를 외워보기로 했다. 원래대로라면 휴대폰을 들고 의미 없이 보냈을 시간이 한순간에 생산적으로 변한 기분이 들었다. 콧노래를 흥얼거리며 단어를 외웠다.

그리고 넷째 날, 집에 돌아온 후 아직 단어를 외우지 않았다는 걸 깨달았다. 조금은 귀찮아진 마음을 억지로 다잡으며 책상 앞에 앉았다. 집중력이 흐려지고 마음이 잘 움직이지 않았다. 그러나 4일째인 오늘은 작심삼일의 악순환을 끊을 수 있는 중요한 날이었다. 책을 손가락으로 눌러가며 꾸역꾸역 단어를 외웠다. 눈이 침침해지고 계속 딴생각이 들었다. '겨우 이거 하나를 외워서 뭐 하나?' 하는 회의적인 생각도 슬그머니 올라왔다. 그럴 때마다 그는 허벅지를 꼬집어가며 자신을 채찍질했다. 이러면 안 돼. 버텨야 해. 그렇게 1분, 2분…, 마침내 단어를 외우는 데 성공했다. 그는 뛸 듯이 기뻤다. 이것은 자신과 싸움에서 승리를 알리는 위대한 신호탄이었다.

진욱은 휴대폰을 들고 채팅방에 들어갔다. 자신과 성공의 기쁨을 같이 나눌 동지들. 그들의 수많은 성공 메시지들과 함께 앞으로 나아가리라. 곧바로 채팅창에 성공이라는 말을 입력했다.

그러나.

채팅방 안은 지나치도록 고요했다. 그를 제외한 그 누구의 메시지도 보이지 않았다. 심지어 스태프들도 아무런 반응이 없었다. 당황한 진욱은 사람들에게 말을 걸어봤다. 갑자기 썰물이 빠져나가듯 수많은 사람이 채팅방을 떠나기 시작했다. 깜짝 놀란 그는 대표에게 개인 메시지를 보냈지만, 그 역시 반응이 없었다. 대표에게 전화를 걸었다. 휴대폰 너머로 전화를 받을 수 없다는 음성만이 들려왔다. 사람들은 계속해서 빠져나갔다. 혼란스러운 상황. 이 가운데서 그는 결국 한 가지 사실을 깨닫고야 말았다.

그들 모두는 진정한 작심삼일인이었던 것이다.

근심 풍선

귓가에 울리는 알람 소리와 함께 잠에서 깬다. 일어나고 싶지 않은 마음에 한참을 뒤척거리다 겨우 침대 밖으로 발을 뻗는다. 머리를 긁으며 주방으로 가서 커피포트에 물을 올린 뒤 화장실로 향한다. 샤워 후 젖은 머리카락을 수건으로 털고 방으로 들어간다. 드라이기로 머리를 말리며 '오늘의 날씨'를 검색한다. 옷을 입은 뒤 내려진 커피를 마시며 거울 앞에 선다. 머리 위에 있는 작은 크기의 노란색 풍선. 오늘도 이상 없음.

모든 사람의 머리 위에는 근심 풍선이 있다. 사람마다 걱정의 양이 다르므로 그 크기 또한 다양하다.

그러나 근심이란 것은 시간이 지나면 어느 정도 사라지기에 풍선의 크기는 보통 일정 범위 이상을 넘어가지는 않는다. 지금까지 보아왔던 풍선들의 크기로 보건대 우리는 모두 적당한 근심을 안고 살아간다.

　사무실이 집에서 멀지 않아 아침마다 산책하는 기분으로 출근길에 오를 수 있다. 나는 1인 기업을 운영하고 있으므로 출퇴근 시간이 자유로웠지만 몇 가지 나만의 규칙이 있었다. 출근 시간, 퇴근 시간, 휴식시간 등등 시간과 관련된 이 규칙들은 일하기 위한 최소한의 긴장을 유지해주었다. 유난히 많은 잠과 타협한 출근 시간은 오전 10시였다.

　내 앞으로 유모차를 끌고 오는 여자가 보였다. 천진난만하게 웃고 있는 아기의 머리 위로는 잘 보이지도 않는 근심 풍선이 노란빛을 내며 매달려있었다. 아기에게 손을 흔들어 준 뒤 다시 길을 걸었다. 커다란 모자를 눌러쓴 남자가 지나갔다. 아마도 그는 남들에게 풍선의 크기를 보여주기 꺼리는 듯했지만 높게 솟은 모자는 근심의 양을 가늠케 했다.

이 풍선은 어느 날 갑자기 모든 인류의 머리 위에 생겼다. 사람들은 이것을 떼어내기 위해 큰 노력을 했었고 과학자들은 풍선이 어떤 물질로 이루어졌는지 분석했다. 그러나 모든 시도는 실패로 돌아갔고 이것의 크기가 근심의 크기와 비례한다는 사실만을 겨우 알아낼 수 있었다. 그때부터 사람들은 이것을 근심 풍선이라고 불렀다.

풍선과 함께하는 시간이 길어질수록 우리의 생활 양식은 자연스럽게 이것에 맞춰졌다. 처음엔 머리보다 큰 풍선을 달고 있는 사람을 위해 목둘레를 조정할 수 있는 옷들이 판매되기 시작했다. 문의 높이도 조금씩 높아졌고 풍선용 모자도 나왔다. 사람들은 풍선의 크기로 마음의 상태를 파악한 뒤 상담을 받았다. 타인을 바라보는 시선도 바뀌었다. 사람들은 다른 이를 만날 때 머리에 달린 풍선을 먼저 보게 되었고 모든 말과 행동은 풍선의 크기와 연관되어 해석되었다. 또한, 우리는 지도자들에 대해서도 새롭게 알게 되었다. 겉으로 보이는 자신감 있는 모습과는 달리 그들의 머리 위에는 항상 커다란 풍선이 달려있었다.

점심시간이 되었다. 오늘은 이 시간에 휴식시간 한 시간을 붙일 예정이다. 여자 친구를 만나기 위해서다. 그녀는 대학에서 박사과정을 밟고 있었는데 논문 주제 선정에 상당히 어려움을 겪고 있었다. 사무실 근처의 카페에서 그녀를 기다렸다. 한쪽 손으로 턱을 괴고 지나가는 사람들을 관찰하고 있던 나는 멀리서 그녀가 오는 것을 쉽게 알아차릴 수 있었다. 그녀가 다른 이들과는 비교도 안 되는 커다란 풍선을 달고 있었기 때문이다. 거대한 노란색 풍선을 머리끝에 달고 있는 그녀의 모습은 흡사 애드벌룬을 연상시켰다. 그녀는 세상 근심은 다 지고 있는 것 같은 표정을 한 채 고개를 까닥이며 자리에 앉았다. 나는 치즈 샐러드와 파니니 그리고 커피 두 잔을 주문했다. 그녀의 풍선 크기를 배려해 야외에 자리를 잡은 것은 잘한 선택이었다.

"오늘은 좀 더 커진 것 같네." 내가 풍선을 바라보며 말했다.

"말도 마. 정말 지도교수 때문에 미쳐버리겠어. 그

인간 나를 졸업시켜줄 생각이 조금도 없는 것 같아."

그것을 시작으로 그녀는 기다렸다는 듯이 고충들을 쏟아내기 시작했다. 애초에 전공을 잘못 골랐다느니, 석사까지만 마치고 취업을 했었어야 했다느니, 돈 문제 때문에 시작한 강사 일은 정말 적성에 맞지 않는다느니…. 나는 흔들거리는 거대한 풍선을 멍하니 바라보며 그녀의 한탄을 들어줄 뿐이었다. 그러나 그녀가 근심을 늘어놓는 건 별다른 해결책이 되지 못하는 것 같았다. 그녀가 말을 이어나갈 때마다 그녀의 풍선이 조금씩 커지고 있었기 때문이다. 나는 초조함을 느끼며 위태롭게 커지는 풍선을 바라봤다. 하지만 말을 멈추게 할 수는 없었다. 풍선에 대해 언급한다면 그것 또한 그녀의 근심 목록에 추가될 것이 뻔했기 때문이었다.

풍선은 거의 터질듯한 모습으로 잔뜩 팽창했다. 그녀를 말려야겠다는 생각을 한순간 점원이 주문했던 메뉴를 가지고 왔다. 다행히도 그녀는 하던 말을 멈추고 차려진 음식에 관심을 쏟았다.

"와, 더블 햄 치즈 파니니, 내가 정말 좋아하는

메뉴야." 그녀는 포크로 노릇하게 구워진 파니니 한 쪽을 찍었고 나는 안심할 수 있었다. 그러나 그 순간.

"그런데 이거 먹으면 나 또 살찌는 것 아니야?"

펑. 그녀의 근심 풍선이 요란한 소리를 내며 터졌다. 그 속에 있던 근심들이 폭죽처럼 포물선을 그리며 사방으로 튀어나갔다. 사람들은 머리를 감싸며 테이블 밑으로 숨거나 혼비백산하여 도망쳤다. 낱말로 이루어진 근심의 조각들이 죄 없는 음식들에 떨어져 그것들을 엉망진창으로 만들어 놨다. 아하, 근심은 저렇게 생겼군. 수많은 과학자도 밝혀내지 못한 사실을 내 여자 친구가 최초로 알아내고야 말았어. 적어도 이제 그녀는 논문 주제에 대해 고민할 필요는 없어진 것 같다.

16

범우주적 문학 대결

　　이 소설은 에밀 보렐의 〔무한 원숭이 정리]에서
　　영감을 받아 만들어졌습니다.

　태초에 신이 있었다. 그는 창조를 매우 사랑했다. 그는 수많은 은하를 만들어내고 공허한 공간에 별들을 박아 넣었으며, 살아서 움직이는 생명체들을 만들었다. 그는 자신이 만든 창조물들에도 자신의 속성이 깃들기를 원했다. 그래서 모든 생명체는 창조성을 지니게 됐다.

　창조 후 무한에 가까운 시간이 흘렀다. 이제 우주는 저마다의 색깔을 뿜어내는 각종 생명체로 가득차게 됐다. 온몸이 광물로 되어있거나 손과 발이 제

멋대로 달렸거나, 또는 먼지만큼 작아졌다 도로 커질 수 있는 생명체들이 각자의 행성에서 창조성을 자랑했다. 간단한 도구를 만드는 것부터 기술이 집약된 최첨단 장치를 만드는 것까지 그들은 항상 쉬지 않고 무언가를 만들어냈다.

창조의 정점은 문학이었다. 단지 상상력이 가미된 언어만으로 무한한 세계를 창조할 수 있는 이 위대한 작업은 신과 가장 가까이에 있는 예술이라는 별명을 얻었다. 소설가는 태초의 신이 그랬던 것처럼 창조하고, 바꾸고, 버리는 작업을 끊임없이 행했다. 그렇게 완성된 그만의 세계는 전 우주의 독자들에게 읽히며 다시 한번 새로운 세계로 재창조됐다.

그리고 여기, 우주에서 가장 위대한 소설가가 있었다. 그의 소설에서 나온 문장들은 하나하나가 빛나는 보석 같아 어느 것 하나도 그냥 지나칠 수가 없었으며, 흡입력이 강한 전개는 독자의 마음을 움켜잡고 절대로 놓아주지 않았다. 그의 소설을 읽는 이들은 벌겋게 충혈된 눈을 한 채로 책에 코를 박고 마치 책의 모든 단어를 흡수하려는 듯이 하나하나

문자를 탐독하곤 했다. 그렇게 변의도 잊은 채 십수 시간을 고정된 자세로 독서에 열중하다 바지에 오줌을 지리고 마는 것이었다.

그리고 반대로, 창조와는 전혀 상관없는 무리가 있었다. 그들은 거대한 행성에서 그저 그렇게 생을 보내는 원숭이들이었다. 그들은 막대기를 던지며 놀고, 소리를 지르며 서로 싸우고, 본능에 충실하게 짝짓기를 했다. 그들에게 창조란 열매의 껍질을 깔 때 사용하는 날카로운 돌멩이를 만드는 작업 그 이상도 이하도 아니었다. 그러나 무한에 가까운 시간은 원숭이들에게도 약간의 발전을 허락했다. 그들 중 몇몇은 언어를 이해할 수 있는 수준까지 진화했고 자연스럽게 무리의 지도자가 되었다. 그런데도 원숭이들의 창조력은 돌멩이 공예에서 아주 약간 발전한 상태에 머물러 있었다.

그것은 어느 행성의 어느 술집에서 시작되었다고 한다. 위대한 소설가와 원숭이 왕이 함께 술을 마시게 됐다. 취기가 잔뜩 오른 위대한 소설가는 술집 안의 모두가 들을 만큼 큰소리로 원숭이 왕을 조롱

했다. "너희 원숭이들은 도대체 왜 이 우주에 존재하는지 모르겠어. 복잡한 도구를 만들 줄 아나, 아니면 글을 쓸 줄 아나. 창조성이라고는 전무한 너희들을 보고 있으면 마치 신의 실패작을 보는 것 같단 말이야." 이에 격분한 원숭이 왕은 그에게 한 가지 내기를 제안했다. 원숭이들과 소설가가 각각 하나의 소설을 써서 전 우주의 생명체들에게 어느 소설이 더 나은지 투표를 하게 하자는 내용이었다. 물론 위대한 소설가는 그 제안을 받아들였다.

한 가지 그들이 빠트린 것이 있다면 소설이 완성될 기한을 정해놓지 않았다는 것이었다. 원숭이 왕은 당장 작업에 착수했다. 그는 행성에 있는 모든 원숭이에게 타자기를 하나씩 지급했다. 원숭이들은 타자기 앞에 앉아 의미 없는 글자를 하나씩 치는 역할을 부여받았다.

열 마리의 원숭이 위에는 단어 감독관이 한 마리씩 세워졌다. 이들은 원숭이들이 친 글자들의 조합 중 의미 없는 것들은 버리고 단어가 되는 것들을 모으는 역할을 맡았다. 열 마리의 단어 감독관 위에는 문장 감독관이 세워졌다. 이들은 단어 감독관이 올려보낸 단어들을 일직선으로 나열해 문장으로 만든 뒤 의미를 제대로 갖는 것들만 위로 올려보냈다.

문장 감독관 위에는 문맥 분석가가 세워졌다. 이들은 거기까지 올라온 문장들을 연결해본 뒤 내용이 이어지지 않으면 폐기했다. 이 부분에서 무수히 많은 문장이 버려졌다. 문단 분석가는 완성된 문단 간의 연결성을, 그 위로 또 누군가가, 그 위로 또 누군가가…, 결국 최종 검토관은 완성된 소설의 완성도를 판단하게 돼 있었다.

원숭이들의 행성은 매우 컸고 원숭이들도 셀 수 없이 많았으므로 하루에도 수많은 문장이 만들어졌다. 그러나 대부분은 위로 올라가는 도중에 폐기됐고 원숭이들은 이 의미 없는 행동이 의미가 생길 날이 오기를 바라며 다시 타자기를 두드렸다.

한편, 위대한 소설가는 머리 밖으로 드러난 40여 개의 뇌를 이리저리 움직이며 창작 활동에 매진하고 있었다. 그는 가끔 우주 뉴스를 통해 원숭이들이 꽤 쓸만한 문장을 만들었다는 소식을 들었다. 그때마다 그는 마음 한구석에서 느껴지는 위기감을 애써 부인하며 가느다랗고 긴 손가락으로 글을 써 내려갔다. 하지만 그는 확실히 불안을 느끼고 있었고, 그럴수록 만들어낸 문장은 제빛을 내지 못하고 쓰레기통으로 들어가기 일쑤였다.

수십 년이 지나자 드디어 원숭이 행성에서 하나의 소설이 완성되었다. 그러나 이는 전혀 매력적인 소설이 아니었기에 최종 검토관에 의해 바로 폐기되었다. 그 이후로 거짓말처럼 몇백 년 동안 소설이 완성되지 못했다. 원숭이 행성에서는 밤낮으로 타자기를 두드리는 소리만이 들려왔다. 마찬가지로 위대한 소설가도 전혀 작품을 완성하지 못하고 있었다. 그의 작은 행성에서는 펜이 종이를 긁는 거친 소리와 구겨지는 종이 소리만이 간간이 들렸다. 팬들은 더 이상 그의 위대한 소설을 만날 수 없었다.

수많은 시간이 또 지나갔다. 수없이 많은 원숭이가 타자를 치고, 단어를 버리고, 문장을 버리고, 문단을 버리고, 그러다 죽고, 또 태어나 타자를 쳤다. 위대한 소설가는 부풀어 오른 뇌를 붙잡으며 끊임

없이 문장을 쓰고 또 쓰고 지우고 또 지웠다.

　그래서 과연 누가 이 대결에서 이겼을까? 사실 그것은 알 수가 없다. 아직도 그들의 대결은 끝나지 않았으며 지금도 멀리 떨어진 어느 행성들에서는 타자 치는 소리와 종이 구겨지는 소리가 들려오고 있을 뿐이다. 중요한 것은 당신이 보고 있는 이 소설이 바로 원숭이들의 버려진 작품 중 하나라는 사실이다.

17

진정한 영웅

도시 밖으로 뻗은 길이 시작되는 지점에 수많은 사람이 모여 있었다. 그들은 저마다 꽃이나 푸른색 천, 올리브 나뭇가지 등을 들고 영웅의 행차를 축하하고 있었다. 금빛 안장을 찬 검은 말이 다가오자 그들은 약속이라도 한 듯 손을 흔들며 좌우로 갈라졌다. 말 위에 앉은 젊은 남자, 그의 이름은 에테오클레스였다. 그는 지금까지 수많은 전투를 승리로 이끌고 그리스를 지켜낸 영웅 같은 인물이었다. 그리고 지금, 그는 이 도시국가를 위한 위대한 희생의 문 앞에 서 있다. 그의 말이 고개를 흔들며 제자리에 서자 장로 몇 사람이 그에게 다가왔다.

"오, 위대한 에테오클레스여." 긴 수염을 가진 장

로가 손을 위로 뻗으며 말했다. "그대의 마지막 순간에 함께할 수 있음을 영광으로 생각하네."

"히아킨토스 의원." 에테오클레스가 그를 바라보며 말했다. "그리스의 부활을 위해서라면 내가 아닌 누구라도 같은 선택을 했을 겁니다."

"그러나 이 그리스에서 자격을 갖춘 자는 오직 당신뿐이지." 히아킨토스가 고개를 숙이며 말했다. 그러자 뒤에 서 있던 두 명의 장로 또한 고개를 숙이며 예를 갖췄다.

"자네의 위대한 여정을 노래할 시인을 데리고 왔네." 다른 장로 중 하나가 말을 마치고 손짓을 하자 그의 옆에서 하프 연주가와 음유시인이 걸어 나왔다. 연주가의 손가락이 하프의 현을 스치자 음유시인은 눈을 감고 몸을 부드럽게 흔들었다. 그는 한 손을 가슴에 얹고 다른 한 손은 위로 든 채로 노래를 시작했다.

에테오클레스, 우리의 친구여. 아테나의 용맹함과 니케의 승리를 양손에 쥔 자여.

풀들이 그대의 업적을 노래하고 새들이 그대의 용기를 찬양하네.

에테오클레스, 요동하는 뿔이여, 기울어가는 그리스의 영웅이여.

제우스의 시험대에 올라갈 수 있는 자는 오직 그대뿐.

위대한 희생을 통해 그리스는 다시 한번 번영의 아침을 맞네.

목숨을 아끼지 않는 용사여. 폭풍 같은 칼날이여.

헤르페로스 광장에 영원히 서게 될 용맹한 그대의 이름은 진실의 영광.

오, 에테오클레스, 우리의 영원한 친구여.

"무엇이 신의 뜻이냐." 갑작스러운 외침에 모두가 뒤를 돌아봤다. 누더기를 입고 한쪽 눈이 바깥쪽으로 돌아간 광인이 그 자리에 서 있었다. 그는 한쪽 입가에 침을 흘리며 군중들을 향해 소리쳤다.

"신은 살아있으나 정의롭지 않다! 어떻게 그리스의 번영과 한 명의 목숨을 저울대에 올려놓을 수가 있는가! 영웅을 희생하면 50년간 그리스의 번영을 약속한다고? 이 얼마나 악랄한 시험인가! 그는 단지 모두를 무대 위에 올려놓고 재밌는 일이 일어나길 기다리는 것뿐이다!"

"저런 경망한 발언을…." 히아킨토스가 그를 바라보며 손을 부들부들 떨었다. 경비병들이 그를 저지하려고 하자 에테오클레스가 손을 들어 그들의 행동을 막았다.

"그의 말이 맞을지도 모르오." 에테오클레스는 자비로운 눈으로 광인을 바라보았다. "그러나 나는 지금 한 치의 망설임도 없소."

사람들이 환호와 박수갈채를 보냈다. 광인은 표정을 구기더니 알아들을 수 없는 소리를 내며 바닥으로 가래를 뱉었다. 그는 에테오클레스를 향해 손가락질하며 다시 한번 크게 외쳤다.

"모든 일을 겪게 되면 당신은 분명 신을 저주하게 될 것이오!"

"그 더러운 입을 그만 놀려라!"

누군가 광인을 향해 던진 돌이 그의 기형인 한쪽

눈에 정확히 맞았다. 광인은 신음소리를 내며 바닥에 쓰러졌다. 그는 몸을 파르르 떨며 얼굴을 손으로 감쌌고 입으로는 계속 거품을 토해냈다. 시민들의 비웃음 소리가 그를 에워쌌고 몇몇은 그에게 침을 뱉으며 조롱의 말을 던졌다. 경비병들은 쓰러진 광인을 길 바깥으로 끌어냈다.

"그리스의 모든 자유민이 자네의 희생을 기억할 걸세." 상황이 정리된 후 히아킨토스가 에테오클레스의 손을 잡으며 말했다.

이제 에테오클레스는 떠날 준비가 되었다. 그의 앞에는 중장보병들이 열을 맞춰 양쪽으로 서 있었다. 그들은 길이가 10포우스(약 3미터)나 되는 장창을 하늘 높이 들고 있었다. 그의 말이 길을 따라 걷기 시작하자 시민들이 꽃을 던지며 영웅의 마지막을 배웅했다. 뿔 나팔 소리와 환호 소리를 뒤로하고 그는 자신이 선택한 운명대로 제우스의 신전을 향해 말을 이끌었다.

초원을 지나고 부서진 돌들이 깔린 마른 협곡을

지나 에테오클레스는 제우스의 신전이 있는 곳에 도착했다. 신전의 뒤쪽은 절벽 안으로 들어가 있었고 갖가지 조각들이 새겨진 지붕을 거대한 기둥들이 받치고 있었다. 그는 말을 돌려보낸 뒤 천천히 신전 안으로 들어갔다. 신전 내부는 빛이 들어오지 않아 마치 눈을 감고 있는 것 같았다. 그는 조심스럽게 발걸음을 내디뎠다. 갑자기 양쪽에 있던 기둥들에서 햇불이 타오르며 보이지 않던 신전의 내부가 환히 드러났다. 그의 앞에는 높이가 족히 100포우스는 돼 보이는 거대한 제우스 석상이 서 있었다. 번개를 든 채 이글거리는 눈으로 자신을 내려다보고 있는 석상 앞에서 그는 경외감에 고개를 숙일 수밖에 없었다. 그 순간 천둥 같은 목소리가 신전 전체에 울렸다.

"에테오클레스. 자유민의 영웅이여. 너는 그리스의 번영을 위해 자신을 희생할 수 있는가?"

"그렇습니다. 제우스여." 그는 석상을 올려다보며 큰 소리로 말했다.

"그 선택의 결과가 진정한 희생을 요구하는 것일

지라도?"

"그렇습니다."

"그럼 보아라. 그리고 너 스스로 선택하라!"

에테오클레스는 휘몰아치는 바람을 느끼며 눈을 감았다. 의식 속으로 그가 선택한 결과의 모습들이 선명히 보였다. 그리스는 약속된 보상을 얻게 될 것이다. 끊임없이 그들을 괴롭히던 적들은 잠잠해질 것이고 풍요와 번영이 지속될 것이다. 밭은 알이 굵은 황금빛 밀로 뒤덮일 것이며 어부의 그물은 끊어질 정도의 청어 떼로 가득 찰 것이다. 그러나 에테오클레스는 모든 이에게 잊힐 것이다. 그가 승리로 이끌었던 전투들과 마지막으로 치른 희생을 누구도 기억하지 못할 것이다. 헤르페로스 광장에 그의 흉상이 세워질 일은 없을 것이고 그리스의 자유민 중 그 누구도 그의 이름을 노래하지 않을 것이다. 그는 마치 존재하지 않았던 것처럼 그렇게 잊힐 것이다. 그리고… 또한 그리고….

그는 눈을 뜬 뒤 옅은 한숨 소리를 내며 바닥을 바라보았다. 그리고 잠시 후 제우스의 제단을 바라보며 나지막이 말했다.

"제우스여, 이 모든 결과를 본 나는 그리스를 위해 나 자신을 희생하기로 했나이다."

이전과 같이 그리스는 풍요로웠다. 도시 곳곳에서는 노랫소리가 들렸고 철학자들은 사유와 토론을 즐겼다. 음식을 나르는 마차는 항상 가득 찼으며 수많은 연회가 매일 벌어졌다. 어느 날 그곳에, 헤르페로스 광장에 한 광인이 등장했다. 그는 등이 굽고 얼굴에는 수많은 딱지가 졌으며 항상 그곳에서 진물이 흘러내렸다. 그는 마주치는 시민들에게 저주의 말을 내뱉었다가 몽둥이로 얻어맞곤 했다. 또한, 사람들이 버린 음식을 개들과 같이 주워 먹으며 하루하루를 연명했고 사람들은 그를 비웃으며 '헤르페로스의 개'라는 별명을 붙여주었다. 누구도 그에게 관심을 주지 않았고 그 또한 자신이 이뤘던 업적들을 기억하지 못했다. 그는 그저 저주받은 삶에 끌려가는 개에 지나지 않았다. 늦은 저녁 도시의 골목 안 쓰레기 더미에 뒤섞여 잠이 들면서, 그는 유일하

게 기억하는 자신의 이름을 조용히 중얼거렸다. 에
테오클레스. 이제는 아무도 기억해주지 않는 진정
한 영웅의 이름이었다.

18

준비

오전 8시 42분. 알람이 울리기 3분 전, 현우는 잠에서 깨어났다. 여느 때와 같이 간단히 씻은 뒤 소파에 앉아 TV를 켰다. 기다렸다는 듯 아침 뉴스가 시작됐다. 중국이 1위, 미국이 2위… 뉴스는 요즘 한창인 올림픽 관련 소식들을 전하고 있었다. 그는 TV를 다 본 뒤 토스트로 간단하게 아침 식사를 하고 자신의 방으로 들어갔다. 침대를 뺀 나머지 공간을 차지하고 있는 밤색 책장들. 정면의 책장에서 책을 한 권 꺼냈다. 책갈피가 꽂혀있는 부분에 손가락을 끼워 펼치자 어제 잠들기 전 읽었던 내용이 눈에 들어왔다. 살인사건을 일으킨 두 명의 범인 중 한 명이 자수하는 부분이었다. 이 방뿐만 아니라 거실,

주방을 포함한 집안 곳곳에는 거의 천장까지 닿는 책장들이 수많은 소설로 채워져 있었다. 현우는 소설 마니아였다.

몇 해 전 사고로 돌아가신 부모님의 보험금과 넉넉한 유산 덕에 그는 일하지 않고도 생활해 나갈 수 있었다. 고등학교를 자퇴한 후 하루는 항상 같았다. 아침 뉴스를 보고 그대로 방에 들어가 잠들기 전까지 책을 읽는 단순한 일과였다. 애초에 사교적인 성격도 아니었기에 밖으로 나가는 일은 별로 없었다. 가끔 잠이 안 올 때면 집 앞에 나가 산책을 했지만, 그마저도 손에 꼽을 정도였다.

조용해진 밤, 식어버린 코코아를 옆에 둔 채로 소설을 읽던 현우는 시간이 너무 늦었음을 깨닫고 책꽂이에 책을 다시 꽂은 뒤 침대에 누웠다. 스탠드의 불을 끄지 않았고 컵을 설거지하지 않았으며 읽던 중인 소설의 뒷부분이 아직 궁금했지만, 그는 망설임 없이 눈을 감았다. 그에게는 시간이 있었기 때문이었다. 내일은 언제나 그를 기다려주고 있었다.

다음날, 마찬가지로 일어나 씻은 뒤 소파에 앉아

TV를 틀었다. 그런데 뉴스를 보던 중 뭔가 이상한 점이 느껴졌다. 말로 설명할 수 없는 미묘한 이질 감… 그러나 그것이 무엇인지는 정확히 알 수 없었다.

다음날, 또 뉴스를 시청하던 그는 이질감의 정체를 알 수 있었다. 뉴스 자막의 연도가 잘못 표시되고 있었다. 월과 일은 오늘과 같았지만, 연도는 올해가 아닌 내년으로 나오고 있었다. 그런데 캐스터마저도 연도를 잘못 말하고 있었다. 재밌는 일이었다. 지금쯤 문책당하고 있을 담당자를 상상하며 소리 없이 웃었다.

그리고 또 다음날. 그럴 리 없었다. 아무렇지도 않게, 너무나 당연하다는 듯 뉴스의 날짜는 올해가 아닌 내년으로 표시되고 있었다. 지금 보니 뉴스에 나오는 사건들 또한 며칠 전 사건들과 연관된 내용이 아니었다. 분명 며칠 전까지만 해도 국내에서 열리는 올림픽 소식만 가득했었는데, 지금은 불안한 세계정세에 대해서만 집중적으로 보도가 되고 있었다. 현우는 노트북을 펴서 뉴스에 나오는 이슈들을 검색해보았다. 그러나 비슷한 내용조차 찾을 수 없었다. 채널을 돌려 다른 뉴스나 프로그램들도 살펴봤다. 하지만 그것들은 평화롭게 올림픽에 대한 소식을 전하고 있었다. 오직 그가 보던 채널의 아침 뉴스만이 이상할 뿐이었다.

4일째. 불안한 마음을 안고 뉴스를 지켜봤다. 강대국들의 신경전, 조약 파기, 군비 경쟁들이 연이어 보도됐다. 또한, 마치 곧 전쟁이라도 벌어질 것처럼 만약의 상황에 대비한 대피시설 안내와 안보교육이 방송되었다. 이 모든 것이 내년에 일어날 일이라는 것일까? 전쟁이라도 일어나는 건가? 그는 자리에서 일어나 닫혀 있던 커튼을 열고 창밖을 바라봤다. 오전의 햇살이 산책로를 비추고 있었고 그곳을 걷는 사람들은 하나같이 평화로워 보였다. 현우는 고개를 저었다.

5일째. 긴장되는 마음을 애써 다잡고 TV를 틀었다. 뉴스는 헤드라인도 생략된 채 속보로 진행되었다. 서울을 포함한 세계 각지에서 촬영된 조잡한 화질의 영상들. 번쩍거리는 빛과 함께 도시를 덮는 거대한 폭발. 그리고 구름 기둥.

그것은 핵폭발이었다.

"이제 테스트가 다 끝났습니다. 한 번 들어가 보시겠습니까?" 건설 책임자가 현우에게 말했다. 그는 고개를 끄덕인 뒤 책임자를 따라갔다. 상당한 두께로 보이는 방폭문을 열자 지하로 내려가는 사다리가 보였다. 사다리를 타고 내려가니 눈앞에 원통형의 방이 드러났다. 이전에도 본 적이 있었지만 이렇게 완공이 된 뒤에 벙커에 들어와 본 것은 처음이었다. 책임자는 이곳에 자체 발전기와 공기정화기가 구비돼 있어 적어도 5년 정도는 넉넉히 버틸 수 있다고 말했다. 그는 사다리 옆의 스위치를 보여주며 핵폭발을 감지해주는 감마선 감지기라고 소개했다. 이미 일본과 미국에서는 핵전쟁에 대비해 벙커를 주문하는 사람들이 많았기 때문에 전문가를 찾는 것은 어렵지 않았다. 그러나 현우의 벙커는 기존의 것들보다 더 컸다. 곧 있으면 이 크기가 무색해질 정도로 많은 책이 이곳을 채울 것이기 때문이었다.

사실 생에 대한 미련은 별로 없었다. 그러나 세상이 멸망하기 전에 꼭 읽어 보려고 마음먹었던 소설들은 다 읽고 죽음을 맞이하고 싶었다. 전자책을 구매할 것이라면 벙커가 이렇게 크지 않아도 됐었지만, 그는 이상하게도 그것에는 애정이 가지 않았다. 그는 종이책이 좋았다. 뒷장의 내용을 궁금해하며 습기에 눅눅해진 종이를 손가락으로 넘기는 그 느낌이 좋았다. 준비는 끝났다. 이제 남은 돈으로 서점에 가서 마음에 드는 책들을 남김없이 쓸어 담으면 되는 것이었다.

　그날부터 현우는 책장을 설치하고, 책들을 구입하고, 그것들을 정리하는 데에 시간을 보냈다. 어딜 돌아봐도 책들이 보이는 이곳이 바로 자신만의 천국이었다. 그는 침대에 누워 콧노래를 부르며 TV를 켰다. 아직 한 달 정도의 여유가 있었다. '혹시 아무 일도 일어나지 않는 것은 아닐까?' 하는 생각이 들기도 했지만 생각해보니 그것은 별로 중요한 문제가 아니었다. 개인용 지하 서재가 생기는 것도 나쁘지는 않았으니까.

일 년 전 이상하게 나왔던 뉴스는 핵전쟁의 영상을 마지막으로 다시 정상으로 돌아왔다. 어째서 그런 일이 일어났는지 그는 알 수 없었다. 그저 현재와 미래의 교차점에 자신의 TV가 잠시 있었던 것은 아닐까 막연히 추측해볼 뿐이었다. 그리고 이상한 뉴스가 시작된 지 일 년 뒤가 되는 오늘, 그는 확인할 수 있었다. TV 화면에서는 그가 일 년 전 보았던 바로 그 뉴스가 똑같이 방영되고 있었다.

　하루, 이틀, 사흘… 마침내 핵전쟁이 일어나는 당일이 되었을 때도 그는 여유로웠다. 다른 사람들은 언제 전쟁이 일어날지 모른다는 불안감으로 하루하루를 보내고 있었지만, 그는 안전한 지하 벙커 속이었기 때문이다. 콧노래를 부르며 책상에 앉아 노트북을 열었다. 그리고 습관적으로 인터넷 서점 사이트에 접속했다. 그런데 여유로웠던 현우의 얼굴이 갑자기 굳어졌다. 그는 눈을 크게 뜨며 믿을 수 없는 사실을 재차 확인했다. 하필이면 바로 오늘, 자신이 그토록 사랑하는 작가의 신작이 당당히 출간을 알리고 있었다.

"최대한 빨리 가주세요." 그는 택시기사에게 가장 가까운 서점으로 가달라고 말했다. 하필이면 출간 당일이라 그런지 전자책도 나오지 않은 상태였다. 그는 발을 동동 굴렀다. 당장 핵미사일이 이곳에 떨어져도 이상할 게 없었다. 택시에서 내린 그는 기사에게 현금을 대충 던지고 서점으로 뛰었다. 유명한 작가인 터라 다행히 입구 앞 매대에서 바로 그 책을 볼 수 있었다. 책 표지가 구겨지는 것도 모른 채 그것을 집어 들고 빠르게 계산을 했다. 다시 서점을 나온 그는 너무나 기쁜 나머지 책을 쥔 양손을 하늘로 뻗었다. 그 순간.

쿠르릉!

바로 뒤에서 울리는 거대한 폭발음. 본능적으로 이것이 마지막임을 알 수 있었다. 그래도 다행이었다. 그토록 사랑하는 소설이, 그것도 기다리던 작가의 초판본이 곁에 있었으니까. 그는 책을 펼쳐 첫 문장, 아니 이제는 마지막이 될 문장을 읽었다. '숨 쉬는 모든 것들은 저마다 끝을 준비한다.' 이 얼마나 적절한 문장인지. 그는 미소를 지으며 눈을 감았다.

19

항해

"애초에 이건 말도 안 되는 생각입니다. 아무리 비용이 지불되었다고 하더라도 그들이 저지른 잘못을 깨닫지 못하게 하는 것은 옳지 않습니다."

"그러나 물리적으로 처벌의 기간이 줄어드는 건 아니지 않습니까? 그리고 사회는 이로 인해 이익을 얻으면 얻었지 손해를 보는 건 아닐 텐데요."

"그건 이 상황을 효용의 관점에서만 바라보는 편협한…."

문을 두드리는 소리가 들리자 함장은 보고 있던 방송을 껐다. 선원이 아침 조회를 시작할 시간이라고 말했다. 그는 말없이 선원의 뒤를 따라 문을 나섰다.

넓은 집회장 안에 수백 명의 사람이 열을 맞춰 그를 기다리고 있었다. 중앙을 기준으로 왼편에는 여성들이, 오른편에는 남성들이 서 있었다. 집회장 2층 강단에 선 함장은 고개를 숙여 아래의 사람들을 쭉 둘러본 뒤 여느 때와 같이 연설을 시작했다.

"우리 임파텐스호는 인간이 정착할 새로운 행성을 찾기 위해 여정을 시작했습니다. 오늘은 함선이 출항한 지 1776일이 되는 날입니다. 언제나 말씀드렸다시피 여러분들이 인류의 희망이라는 사명감을 늘 잊지 말고 생활에 임해주시기 바랍니다. 함선 안의 자원이 한정돼 있으므로 불가피하게 엄격한 통제를 가하는 점 또한 양해해 주시기를 부탁드립니다."

"웃기시는군." 태원이 준혁의 옆구리를 쿡 찌르며 비웃었다. "분명 함장실 안에서는 매일 우리가 상상할 수도 없는 대단한 파티가 일어나고 있을 거라고."

"뭐, 그건 그들의 일이지." 준혁은 무심한 눈을 한 채 함장을 힐끗 올려다봤다. 그들은 함장의 얼굴을 가까이에서 본 적이 없었다. 다만 깊게 눌러쓴 모자와 긴 콧수염으로 그라는 것을 알아볼 수 있을 뿐이었다.

"아무리 그렇다고 바로 옆에 늘씬한 여자들이 저렇게 많은데 서로 말도 못 하게 하는 건 너무 심하지 않아? 우리같이 열정이 넘치는 사람들은 대체 어떻게 욕구를 풀라는 거야?"

"다른 녀석들처럼 가상현실 기기를 사용하면 되잖아. 아니면 저거라도 보던가."

태원은 준혁이 눈으로 가리킨 곳에 있는 오래된 성인 잡지를 보며 콧방귀를 뀌었다.

"저런 건 기계를 다룰 줄 모르는 노친네들이나 보는 거 아니야?"

"네 미래를 미리 준비하는 것도 나쁘지 않지." 준혁은 비웃듯 한마디를 던진 후 자신의 방으로 향했다. 태원은 혀를 차며 그의 뒤를 따라갔다.

준혁은 어두운 방 안에서 딱딱한 침대 위로 난 작은 창을 통해 고요한 우주를 보고 있었다. 바로 옆에서 어떤 행성을 지나지 않는 한 언제나 보이는 것은 움직이지 않는 흰색 점들뿐이었다. 마치 지구에서 밤하늘을 올려다보는 것 같은 정체된 천체. 이 공간을 멍하니 바라보다 보면 어느샌가 마음속에서 알 수 없는 분노가 점점 올라오곤 했다. 그 치미는 분노를 참을 수 없게 되면 그는 주먹으로 두꺼운 유리창을 힘껏 쳤다. 그러나 되돌아오는 것은 유리의 차가운 감촉과 둔탁한 소리뿐이었다.

식사시간이 되었다. 모든 선원이 식당에 모여 배식을 받았다. 식사하던 태원이 숟가락으로 식판을 두드리며 준혁의 시선을 끌었다. 그러곤 다시 숟가락으로 멀리, 한 남자를 가리켰다.

"저기, 요즘 너에게 관심이 많은 덩치가 오셨네."

준혁은 고개를 뒤로 돌려 덩치가 큰 남자를 바라봤다. 그는 배식을 받으며 줄곧 준혁 쪽을 쳐다보았다.

"저번에 네가 제대로 한 방 먹여준 뒤로 아직 분이 안 풀린 것 같은데?" 태원이 낄낄대며 말했다.

"어이, 거기 병아리! 오늘도 이유식 먹으러 나오

셨나?” 멀리서 덩치가 준혁을 향해 소리쳤다. 준혁의 오른쪽 어깨에 있는 독수리 문신을 비꼬며 하는 말이었다. 그러나 준혁은 그를 무시한 채 식사를 계속했다. 갑자기 그의 식판과 탁자가 큰 소리를 내며 흔들렸다. 어느새 옆으로 온 덩치가 커다란 손으로 그의 탁자를 내려친 것이었다.

“저번에 졌던 빚은 갚게 해 줘야지?” 그가 손가락으로 자신의 이마를 가리키며 말했다. 그의 눈썹 위에는 깊게 찢어진 상처가 있었다. 그래도 준혁은 그와 눈을 마주치지 않았다. 심상치 않은 기운을 느낀 안전요원이 그들을 향해 다가왔다.

“함선 안전법에 따라 선내 분란 행위는 허용되지 않습니다.”

“법은 성실하신 네놈들이나 지키라고!”

덩치가 한 손으로 안전요원을 날려버리자 그는 벽에 부딪혀 그대로 고꾸라졌다. 식사하던 사람들이 환호성을 지르며 모여들었다.

“네가 시작한 일이야.” 준혁은 말이 끝나자마자 탁자를 짚고 일어나 덩치의 얼굴로 식판을 던졌다.

눈앞으로 음식물이 날아오자 그는 손으로 눈을 감싼 채 뒤로 물러났다. 준혁은 그대로 그를 바닥에 넘어뜨렸다. 그리고 주먹으로 그의 얼굴을 사정없이 내리쳤다. 경보가 울리고 안전요원들이 달려오는 소리가 들렸다. 여기서 더 분란을 조장한다면 둘은 나란히 1급 처벌을 받을 게 분명했다. 준혁은 양손을 들고 더 이상 싸움의 의사가 없다는 자세를 취했다.

그때였다. 쓰러진 덩치가 그의 다리를 잡아당기더니 다른 쪽 탁자로 그를 던져버렸다. 준혁은 요란한 소리를 내며 바닥에 내동댕이쳐졌다. 덩치가 피범벅이 된 얼굴을 닦아낸 뒤 이를 갈았다. 그러더니 한쪽에 놓여있던 대용량 소화기를 들었다. 준혁은 고통스러운 표정으로 등을 감싸 쥔 채 벽에 기댔다. 그 순간, 덩치가 양손을 뒤로 젖히고 그를 향해 소화기를 힘껏 던졌다. 준혁은 온 힘을 다해 그것을 피했다. 쾅. 큰소리가 나며 외부와 연결된 유리창이 떨어져 나갔다.

"모두 조심해! 빨리 들어간다!"

주위는 한순간에 혼비백산이 됐다. 사람들은 너도나도 밖으로 빨려들지 않기 위해 기둥들을 붙잡았다. 그러나 시간이 지나도 선내는 잠잠할 뿐 뚫린 창문으로 어떠한 물건도 빨려 들어가지 않았다. 대신 그곳으로 한 줄기 빛이 들어오는 것이 보였다. 사람들은 붙잡은 기둥을 놓고 창 쪽으로 모여들었다. 준혁 또한 자리에서 일어나 창으로 조심스럽게 다가갔다. 뚫린 창으로 보이는 붉은색 점. 그것은 분명 태양이었다. 그리고 그 밑으로 철썩거리는 소리를 내며 출렁이는 은빛 바다가 보였다.

　"그들은 모두 종신형 선고를 받은 흉악한 범죄자들입니다. 그런 자들에게 제2의 인생을 살아갈 기회를 주다니요. 그들은 평생 자신의 범죄를 후회하며 살아가야 합니다."

　"좀 더 생각을 넓게 가져보십시오. 기억이 지워진 그들은 영원히 도달하지 못하는 미지의 행성을 향해 무의미한 여정을 떠나는 겁니다. 그것은 어떻게 보면 희망 고문이라고까지 말할 수 있지요. 그리고 가짜 함선 내의 생활도 기존의 수감생활과 거의 다를 바 없습니다. 그들은 완벽하게 통제된 공간 안에서 평생을 보내야 합니다. 물론 이를 위해 그들이 지불한 고액의 계약금은 사회복지를 위해 적절히 사용되겠죠."

20

또 한 번의 편지

"고양이가 안 보여." 여섯 살 난 딸아이가 말했다.

"오늘도?" 나는 의자를 돌려 딸을 내려다보았다. 눈 속에 걱정이 한가득하다. 어디 보자…. 지금은 두 시. 아직은 여유가 있다.

"엄마랑 같이 찾아볼까?" 하고 있던 번역 일을 멈추고 딸의 손을 잡고 거실로 나왔다.

딸아이가 말하는 고양이는 노란 눈을 가진 검은색 길고양이였다. 이곳으로 이사 왔을 때부터 우리 집 마당을 서성이던 그 아이는 언제부터인가 여기가 자기 집인 마냥 거의 눌러앉아 지내곤 했다. 마침 친구가 없어서 심심해하던 딸은 신이 났다. 마당에 앉아있는 고양이의 발을 이리저리로 잡아당겨

보기도 하고 귀를 만지거나 꼬리를 꽉 움켜쥐어보기도 했다. 그러면 고양이는 귀찮다는 듯이 딸의 손에서 발이나 꼬리를 쏙 빼냈다. 그런데도 도망가지도 않고 그 자리를 지키고 있는 걸 보면 시골 고양이들은 다 이렇게 능청스러운가 하는 생각이 들기도 했다.

"고양이가 밥은 먹었니?"

딸이 쪼르르 마당 구석으로 달려갔다. 한참 뒤, 소리가 들렸다. "아니."

사료를 담아 놓은 그릇을 확인하니 조금도 먹은 흔적이 없었다. 넉넉하게 먹으라며 수북이 담아 놓은 그대로였다. 옆의 물그릇도 마찬가지였다. 양손을 허리춤에 올리고 볼에 바람을 넣은 채 머리를 굴려봤다. 그래, 가끔 고양이가 창고에도 들어왔었지.

"작은 길 찾아보고 있어. 엄마는 창고 가볼게."

담벼락과 벽 사이에 있는 좁은 공간을 우리는 '작은 길'이라고 불렀다. 그 통로를 지나면 집 뒤편으로 갈 수 있었다. 딸아이는 벌써 그곳을 지나 뒤쪽으로 갔는지 대답이 없었다.

끼익. 창고의 문을 열었다. 아직 포장을 풀지 않은 상자들이 잔뜩 쌓여있었다. 손가락으로 날짜를 세어 보았다. 이사 온 지 아직 한 달이 안 됐구나.

"고양아, 여기 있니?"

기다려도 반응이 없었다. 혹시나 소리를 못 들었을까 봐 몇 번 더 불러봤다. 아무래도 여기엔 없는 것 같았다. 나가려는데 앨범이라고 적힌 작은 상자가 보였다. 쭈그려 앉아 테이프를 뜯어냈다. 찌익 소리를 내며 먼지들이 위로 흩날렸다. 손으로 코를 가리고 내용물을 확인했다. 맨 아래엔 결혼식 앨범이 있었다.

"웨딩 촬영 때 좋았는데…" 앨범을 바라보며 작게 미소를 지었다.

앨범을 하나씩 꺼내 펼쳐보았다. 처음에는 둘뿐이었던 주인공은 언제부터인가 세 명이 되어있었다. 여기서도, 저기서도, 어딜 봐도 웃는 얼굴들뿐이었다. 슬픈 얼굴을 사진으로 남기는 일은 드물다. 슬픔은 그 시간만으로도 충분하다.

"작은 길에도 안 보여." 딸애의 목소리에 정신을

차리고 앨범을 덮었다. 앨범들을 대충 정리해 다시 상자에 넣은 다음, 밖으로 나왔다. 딸은 이제 거의 울상이었다. 엄마가 꼭 찾아주겠다는 확신 없는 약속을 하며 딸을 안심시켰다. 그때 휴대폰이 울렸다.

"네, 엄마. 무슨 일이에요?"

"나 괜찮아요. 여기 공기도 좋고 일하기도 좋아요."

"이제 시간 꽤 지났잖아요. 에이, 산 사람은 살아야지. 나 이제 정말 괜찮아요. 나중에 다시 전화할게요. 끊어요."

"할머니야?" 딸아이가 물었다.

"응, 외할머니. 엄마가 작은 길 뒤로 가서 다시 한번 볼게. 여기 있어."

구석의 나무판자들이 쌓인 곳에 고양이가 숨어있을 수도 있었다. 어쩌면 그곳에 끼어서 빠져나오려 애를 쓰고 있을지도 몰랐다. 작은 길을 지나 판자들이 쌓인 곳으로 갔다. 고양이를 불러봤지만, 반응이 없었다. 혹시나 하는 마음에 허리를 숙여 아래쪽을 들여다봤다. 희미하게 무언가가 눈에 들어왔다. 손이 가까스로 닿을 듯한 거리에, 옆으로 가지런히 누운 채로 생명이 다한 고양이가 보였다.

"희서야. 엄마가 알았어. 고양이가 멀리 여행을 간 거였어."

"진짜? 고양이가 엄마한테 말했어?"

"응."

"언제?"

잠시 고민하다 딸에게 기다리라고 말한 뒤 방으로 올라갔다. 알록달록한 편지지를 하나 꺼내 최대한 삐뚤삐뚤하게 글씨를 썼다. 아이가 잠든 뒤 고양이를 화단에 묻어줘야겠다는 생각을 했다. 편지를 들고 다시 딸에게 돌아왔다.

"고양이가 희서한테 쓴 편지를 찾았어. 엄마가 읽어줄게."

"희서한테 고양이가 편지 써 줬어? 아빠랑 똑같네."

편지를 든 손이 조금 떨렸다. 어색하게 미소를 지어 보였다.

"그래…. 아빠랑 똑같네. 희서 편지 받아서 좋겠

다…. 이제 읽어 볼게."

딸아이를 안고 머리를 쓰다듬으며 천천히 편지를 읽었다. 곱게 양 갈래로 따진 머리카락이 부드러웠다. 딸은 내 목소리에 조용히 귀를 기울이고 있었다. 두 번째 이별과 두 번째 편지. 노을빛에 그림자가 길게 기울어졌다.

21

따스한 나날

　커튼을 열고 창밖을 본다. 오늘도 태양이 지면을 향해 따스한 햇볕을 비추고 있다. 벽에 걸린 달력을 확인한다. 비가 오지 않은 지 꽤 시간이 지났음을 깨닫는다. 커다란 물통을 등에 멘 뒤 물뿌리개를 한 손에 들고 문밖을 나선다.

　마치 깊은 잠에 빠진 듯한 적막한 도로를 따라 천천히 걷는다. 여기저기 세워진 차들 아래로는 벌써 풀들이 고개를 길게 내밀었다. 풀들의 끈질긴 생명력에 경외감을 느낀다. 이마에서 땀이 흘러내린다. 팔로 이마를 닦고 차들의 숲을 헤치며 계속 걷는다.

　6차선 도로 위에 세워진 수많은 자동차와 그것들

의 지붕을 하나씩 차지하고 있는 거대한 식물들. 묵묵히 걸음을 옮긴다. 철퍽. 철퍽. 발걸음에 맞춰 물통의 물이 땅바닥에 떨어진다.

노란색 페인트로 앞 유리를 칠한 은색 승용차 앞에 다다른다. 보닛을 밟고 차 위로 올라간다. 줄기의 굵기가 거의 사람 몸통만 한 커다란 식물과 마주한다. 들고 온 물뿌리개에 물을 담고 차 지붕에 흘러내리듯 퍼져있는 뿌리에 물을 준다. 전날보다 뿌리가 좀 더 굵어진 것 같다. 잎을 뚫고 들어오는 태양 빛이 강렬하다.

"혜리…" 떨어지는 물줄기를 바라보며 나지막이 말한다.

"어째서인지 요즘 들어 햇빛이 점점 더 좋아져."
혜리가 말했다. 평소와는 달리 햇빛을 거의 정면으로 받는 자리에 앉을 때부터 이상하다고 생각했다. 카페에 오면 그녀는 항상 창과 거리가 최대한 먼 안쪽 자리를 찾곤 했다. 약간 까무잡잡한 자신의 피부가 혹여 탈까 봐 신경 썼기 때문이다. 그렇기에 햇빛이 좋아진다는 말에 나는 내심 놀라지 않을 수 없었다. 비스듬히 내리쬐는 태양 빛이 그녀의 얼굴에 짙은 음영을 만들어냈다. 그러면서도 그녀는 조금이라도 더 햇볕을 쬐기 위해 계속해서 긴 머리를 뒤로 넘겼다.

"요즘 밴드 일은 어때?" 그녀가 물었다.

"항상 똑같지. 열정만 있고, 돈은 안 되고." 나는 빙긋 웃었다.

"다음 공연은 언제야?"

"음…, 원래 공연하던 클럽이 문을 닫아서 당분간은 휴식."

"아쉽네…. 작곡은 잘 돼?"

"아니. 곡도 문제지만 가사가 도저히 떠오르질 않아."

"그래도 언제나처럼 잘할 수 있을 거야."

"그거, 근거 있는 믿음이야?"

"적어도 나한테는."

그녀가 미소 지었다.

기타를 등에 메고 버스에 올랐다. 맨 뒷자리 구석

에 앉아 헤드셋을 끼고 흘러나오는 노래를 작게 흥얼거렸다. 버스는 신호에 맞춰 가다 서다를 반복했다. 멍하니 앞을 바라보던 나는 뭔가 이상한 점을 발견했다. 평소와는 다르게 승객들이 마치 약속이라도 한 듯, 내리쬐는 햇볕을 받기 위해 모두 창 쪽으로 앉아있었다.

"지금 내 말 듣고 있어?"

"응? 아…, 미안해."

혜리는 멋쩍어하며 머리를 만졌다. 요즘 그녀는 부쩍 말이 줄었다. 그리고 마치 정신이 다른 데 있는 사람처럼 멍하니 창밖을 보는 일이 잦아졌다. 어느 순간부터 전혀 다른 사람이 되어버린 것 같았다. 그녀의 시선을 따라 창밖을 바라봤다. 평소대로라면 각자의 목적지를 향해 바쁘게 걸어 다녀야 할 사람들이 제자리에 서서 하늘을, 아니 빛의 출발점인 태양을 바라보고 있었다.

마치 광합성을 하듯이.

사람들은 빛을 가장 많이 쬘 수 있는 곳으로 모

여들었다. 도로에, 다리 위에, 건물의 옥상마다 가만히 서서 태양을 바라보는 사람들로 가득했다. 멈춰 버린 자동차의 지붕들로 햇빛을 조금이라도 더 쬐기 위해 사람들이 올라갔다. 직장인, 주부, 안내원… 가지각색의 옷을 입은 사람들의 무리는 마치 수많은 꽃으로 가득 차 있는 거대한 화단을 떠오르게 했다.

그리고 그들의 발밑에서부터 뿌리가 자라나기 시작했다.

앰프 연결이 끝났다. 이젠 7월도 끝인가. 무더위의 절정 속에서 공연하는 것도 나쁘진 않은 것 같았다. 상가에서 전력을 끌어온 뒤 스피커 세팅을 맞췄다. 마이크와 기타도 잘 작동했다. 이제는 온전한 식물이 되어버린 그녀와 다른 사람들 가운데서 여는 첫 공연이었다. 느껴지는 시선이 괜히 민망해 기타를 조율하는 척했다. 한동안 잠들어있던 일렉 기타의 소리가 반가웠다.

"안녕하세요. 이곳에서 공연하게 된 밴드 크루라고 합니다."

바람에 풀들이 나부끼는 소리가 들린다.

"오늘 제가 드디어 완성한 곡을 여러분 앞에서 연주하게 되는데요. 부족하지만 들어주시면 감사하겠습니다."

자동차 지붕마다 녹색 관객들이 말 없는 환호를 보낸다.

"제가 한글로 가사 쓰는 게 자신 없어 영어로 가사를 써봤습니다. 그렇다고 영어를 잘한다는 건 아닙니다. 하하."

내리쬐는 태양 빛이 뜨겁다.

"자, 그럼 시작합니다. 제목은 Warm days."

어째서인지 요즘 들어 햇빛이 점점 좋아진다.

22

통제 가능한 미래

"야, 이현. 그 말을 지금 나더러 믿으라는 거야?"

현이는 눈빛 하나 변하지 않았다. 아니, 오히려 조금 전보다 더 진지한 표정으로 나를 바라보고 있었다. 그렇지만 웃기지 않나. 지난 일 년 동안 서로 볼꼴 못 볼 꼴 다 봤던 사이였던 후배 놈이 갑자기 본인이 초능력자라고 주장하다니. 비록 여기가 미스터리 동아리이긴 하지만 우리가 지금까지 했던 일들은 대부분 수업을 빠지고 낮술을 퍼마시거나 동아리방에 누워 게임 하는 것밖에는 없지 않나. 그런데 대체 어느 요인이 우리 선량한 후배에게 영향을 미쳐 이런 과대망상을 자유롭게 펼치게 해준 거지?

"학점, 학점이냐? 학점에 대한 압박이 너를 이렇게 만들어버린 거냐?" 나는 현이를 측은하게 바라보며 말했다.

"형, 전 진지해요." 현이는 자세 하나 흐트러뜨리지 않고 말했다.

"그럼 취업이냐? 하긴 우리 같은 패배자들은 졸업하면 어디 하나 반겨주는 곳이 없을 것 같긴 하지. 그래도 실낱같은 희망이라도 끝까지 붙드는 게 중요해. 망상 속으로 도망가 버리는 건 무책임한 행동이야."

녀석은 아무 말도 하지 않았다. 어쩌다 얘가 이렇게 돼버린 걸까? 그래 분명 상현이 형 때문이다. 그 형이 지난번에 술을 너무 많이 먹여서 얘가…

"상현이 형 때문도 아니에요."

나는 말을… 아니, 하던 생각을 멈췄다. 분명 나는 아무 말도 내뱉지 않았다. 그런데 어떻게…

"전부는 모르지만, 부분적으론 알 수 있어요." 현이는 주위를 둘러보며 아무도 없다는 것을 다시 한번 확인한 뒤 나지막이 말했다. "다른 사람의 생각을요."

"그럴 리가…."

"갤럭시 A 특공대. 방금 그 생각했죠?"

온몸의 털이 쭈뼛 서는 느낌이었다. 현이는 분명 내 생각을 읽고 있었다. 전혀 상관없는 걸 떠올리면 맞출 수 없을 거로 생각했는데, 이젠 현이의 말을 부정할 수도 없게 되었다.

"조, 좋아. 인정할게. 그런데 인제 와서 그걸 왜 나한테…."

"형의 도움이 필요해서요."

"무슨 도움?"

"사람들을 살려야 해요." 현이의 눈은 진지함으로 가득 차 있었다.

"감사합니다."

현이의 지시대로 동네 마트 세 군데를 들러 번개탄과 숯, 토치 등을 샀다. 녀석은 자기 집 근처 마트에서 그것들을 사 오기로 했다. 이거 완전 바비큐 파티 재료잖아…. 그나저나 내일 동아리 건물이 무너진다니. 오늘까지 그 안에서 이리저리 뒹군 나로 선 전혀 실감이 나지 않았다. 하지만 나는 현이를 통해 보고 말았다. 처참하게 무너지는 동아리 건물의 모습을. 녀석은 생각을 읽는 능력 외에도 미래를 보는 능력도 갖추고 있었다. 그리고 그걸 남에게 보여주는 능력까지. 현이는 그것들로 장차 일어날 큰 참사를 막아보려는 생각이었다. 확실히 11층짜리 동아리 건물이 무너지면 적어도 수백 명의 학생이 죽긴 하겠지….

현이의 작전은 간단했다. 건물이 무너지기 직전에 우리 동아리방과 현이가 속한 다른 동아리방에 작은 불을 피워서 그것으로 사람들을 대피시키자는 것이었다. 녀석은 이걸 위해 잘 활동하지도 않던 그 동아리에 남아있었던 거였나…. 그것도 모르고 양다리 걸친다며 녀석을 구박했던 내가 부끄러워졌다.

일찍 침대에 누웠는데도 잠이 잘 오지 않았다. 마치 모습이 같은 또 다른 세상으로 이사 온 기분이었다. 이 세계에 이렇게 아무도 모르게 활동하는 초능력자가 과연 몇 명이나 있을까? 착한 초능력자가 있다면 나쁜 초능력자도 있지 않을까? 혹시 나도 숨겨진 초능력이 있는 거 아니야? 이런 쓸데없는 생각을 하며 뒤척이다 거의 새벽 3시쯤이 돼서야 잠이 들었다.

　다음 날이 되었다. 건물이 무너지는 시간은 6시쯤. 따라서 우리가 작전을 실행하는 시간은 5시였다. 나는 어제 산 물건들을 배낭에 넣고 동아리 건물로 들어갔다. 짐을 잔뜩 메고 올라가려니 숨이 차고 땀이 흘러내렸다. 어휴…, 11층이나 되는데 엘리베이터 좀 만들어주지. 하긴 이제 곧 무너질 거니 필요 없나? 위를 올려다보니 5층 입구에서 현이가 나를 기다리고 있었다.

　"형, 저는 5층에 불을 피울게요. 형은 우리 동아리방에 불을 피우고 위에서부터 사람들을 대피시키면 돼요."

　"알았어." 나는 대답을 하고 다시 계단을 밟았다.

　"형." 올라가려던 나를 현이가 불렀다.

　"왜?"

"고마워요."

나는 씩 웃은 뒤 계단을 올랐다. 사실 좀 흥분되긴 했다. 세상…, 아니 사람들을 구하는 일에 내가 참여하다니. 마치 영화의 주인공 옆을 따라다니는 비중 있는 조연이 된 것 같은 기분이었다. 예를 들어 셜록 옆의 왓슨이라던가.

동아리방에 도착한 나는 창문을 열고 바닥에 넓게 포일을 깐 뒤 배낭에 있던 번개탄과 숯을 그 위에 쌓았다. 그리고는 휴대용 토치를 켰다. 치익 하는 소리와 함께 파란색 불꽃이 일었다. 숯 더미에 불꽃을 댔다. 생각보다 불이 잘 붙지 않았다. 몇 분간을 씨름하다 책을 한 권 찢어 그 위에 뿌린 뒤 다시 토치를 갖다 댔다. 드디어 안에서 불이 붙는 것이 보였다. 어느 정도 시간이 지나자 불이 꽤 타올랐다. 다른 가방에 담아두었던 젖은 종이를 그 위에 뿌렸다. 종이들이 타며 매캐한 연기가 확 치솟았다. 눈을 찡그리며 핸드폰으로 시간을 확인했다. 시간은 30분밖에 남지 않았다. 다른 이들이 불을 끄지 못하게 동아리 방문을 잠근 뒤 밖으로 나와 복도에 있는 비상벨을 세게 눌렀다.

띠리리리리!

건물 전체에 비상벨이 울려 퍼졌다. 나는 맨 위층으로 올라가 문을 두드리며 학생들에게 빨리 나오라고 소리쳤다. 학생들은 어리둥절해 하며 고개를 내밀었다가 불이 났다는 나의 말을 듣고는 놀라 소리를 지르며 계단을 향해 뛰기 시작했다. 한 층씩 차례로 내려가며 학생들을 대피시켰다. 계단은 혼란에 빠진 학생들의 비명소리로 가득 찼다. 넘어진 학생들을 일으키며 아래로 계속 내려보냈다.

모두를 탈출시킨 후 마지막으로 나도 건물 밖으로 나왔다. 많은 사람이 연기가 나는 동아리 건물을 안타깝게 지켜보고 있었다. 시간은 이제 6시였다. 안도의 한숨을 내쉬며 동아리 건물을 바라봤다.

그러나,

그러나 건물은 무너지지 않았다.

머릿속이 정전되는 기분이었다. 불안감이 아래쪽 깊은 곳에서부터 꾸물꾸물 기어 올라왔다. 그럴 리가 없어…. 고개를 흔들고 시간을 다시 확인했다. 어느새 6시 10분이 지나고 있었지만, 건물은 전혀 무너질 기미가 보이지 않았다. 게다가 내가 지른 불이 다른 곳에 옮겨붙어 건물 전체로 퍼져나가고 있었다. 나는 떨리는 손으로 현이에게 전화를 걸었다. 발신음만 계속해서 들릴 뿐 응답이 없었다. 창문에서부터 굵고 시커먼 연기가 올라와 하늘을 뒤덮었다. 멀리서 소방차의 사이렌 소리가 들려왔다.

"임무는 완수했는가?"

"네. 이번 화재 또한 수많은 변수에 크고 작은 영향을 미칠 것이고 그것들이 모여 우리가 원하는 결과를 가져다줄 것입니다. 경찰에 연행된 서윤호는 징역 5년을 살게 된 후 출소와 함께 다른 계획에 사용될 예정입니다."

"만족스럽군…."

장관은 미소를 지었다. 앞으로 수십 개의 상황만 더 조정한다면 이 나라는 그의 손에 들어갈 것이다. 물론 계획은 거기서 끝이 아니었다. 하지만 더 큰 뜻을 이루기 위해서는 지금보다 많은 능력자가 필요했다. 이런 중요한 때에 제 발로 찾아온 미래 예지가라니. 하늘도 자신의 편을 들어주는 게 분명했다. 게다가 이 신입은 항상 일을 깔끔하고 빠르게 처리했다. 오랜만에 믿을 만한 부하를 찾았다는 사실이 그를 더 흡족하게 만들었다.

"인제 그만 들어가 보게."

"알겠습니다."

이현이라는 가명을 사용했던 신입은 장관에게 인사를 한 후 방을 나왔다. 그는 특유의 진중한 표정을 지으며 복도를 걸어갔다. 그의 세련된 구두와 바닥이 만나 예리한 발소리를 만들어냈다. 복도 끝에 다다라 주위를 확인한 그는 누군가에게 메시지를 보냈다.

'대상은 자신이 미래를 통제할 수 있다고 확신하고 있음. 이후 몇 번의 신뢰를 더 쌓은 후 계획했던 임무를 실행하겠음.'

23

나의 첫 번째 살인

그 애의 이름은 마석이었다.

도시와 약간 떨어진 '면'에서 산다는 건 흥미롭지도, 딱히 지루하지도 않은 하루하루를 보내고 있다는 거나 마찬가지였다. 그해 여름은 뚝뚝 떨어지는 땀과 소금기 가득한 끈적임으로 기억된다. 나는 맨발에 슬리퍼를 신고, 땀에 절어 계속 등에 붙어대는 민소매 러닝을 손가락으로 떼어내며 아이스크림을 먹는 전형적인 시골 초등학생이었다. 어디 재밌는 거라도 찾을 수 있을까 눈을 게슴츠레 뜨고 주변을 살피곤 하지만 보이는 건 항상 들쭉날쭉한 논과 열을 맞춘 비닐하우스, 트랙터들뿐이었다. 그러다 굴

착기라도 오는 날이면 동네 아이들이 우르르 몰려가 그 커다란 삽이 흙을 퍼내고 땅을 고르게 만드는 작업을 시간 가는 줄 모르고 쳐다보곤 했다.

"그거 알아? 손을 세우고 힘을 줘서 목에 찹 공격을 하면 사람을 죽일 수가 있대."

"정말?"

"그게 너무 위험해서 찹 공격은 가슴에다만 하는 거래."

특이하게도 우리 사이에선 프로레슬링이 유행했었다. 우리는 모일 때마다 자기가 좋아하는 레슬러의 기술을 흉내 내며 경기를 벌였다. 가장 인기 있는 기술은 손바닥으로 상대의 가슴팍을 내려치는 찹이었는데 따라 하기 쉬우면서도 맞을 때 나는 소리가 경쾌한 것이 그 이유였다. 이 기술은 레슬러에 따라 여러 가지로 갈렸는데, 내가 좋아하는 건 에디 프레스의 트리플 찹이었다. 친구를 붙잡아 놓고 에디처럼 손을 위로 세워 빠르게 세 번 가슴을 내려칠 때면 마치 내가 프로레슬링 경기장 한가운데 와있는 것 같은 기분이 들었다.

"어, 마석이 온다."

시끌시끌하던 우리는 갑자기 말을 멈추고 약속이라도 한 듯 땅만 쳐다봤다. 오마석. 같은 5학년이라고는 믿기지 않을 정도로 큰 키와 두둑한 살집을 가진 녀석은 한창 기세가 등등한 우리를 움츠러들게 만드는 존재였다. 녀석은 볼 때마다 다른 티셔츠를 입고 우리 앞에 나타났다. 그 당시 티셔츠 한쪽에 박힌 그림들이 무엇을 뜻하는지는 알 수 없었지만, 우리 중엔 그런 옷을 가진 사람이 없다는 사실만으로 녀석과 우리가 다르다는 것을 느낄 수 있었다. 마석이는 너무 두툼한 나머지 접혀버린 턱살을 긁으며 길고 가는 눈으로 우리를 훑어보았다. 우리는 녀석에게 이름을 불리지 않기 위해 최대한 숨을 죽이고 시선을 아래로 깔았다. 잠시 후 녀석의 통통한 손이 내 쪽을 가리켰다.

"이진우, 이리 와."

신성한 손가락을 통해 오늘의 장난감이 선택되는 순간이었다. 나는 눈을 질끈 감고 앞으로 걸어 나왔다. 고개를 들기도 전에 몸이 뒤로 밀리며 가슴 밑에서 통증이 느껴졌다. 녀석의 큰 손이 내 명치를 후려친 것이었다. 나는 바닥에 주저앉으며 기침을 내뱉었다. 목이 근질근질하고 폐가 거친 빗자루로 쓸린 듯 가려웠다. 눈물을 흘리며 앞을 바라보자 이번에는 고개가 오른쪽으로 크게 돌아갔다. 몇 초 뒤에야 녀석이 오른 손바닥으로 내 왼뺨을 쳐냈다는 사실을 깨달았다. 그렇게 일방적인 폭력이 시작됐다.

다른 친구들은 땅만 쳐다볼 뿐 아무 말도 하지 않았다. 물론 나였어도 마찬가지였을 것이다. 우리는 그날그날 마석이의 기분에 따라 피해자가 되거나 방관자가 됐다. 다른 선택지는 없었다. 사실 녀석의 주먹이 그렇게 매운 편은 아니었다. 손가락 하나하나가 물렁물렁한 살덩이로 뒤덮여 있었으니까. 그러나 우리는 반항할 생각조차 하지 못했다. 그 덩치에서 나오는 낮고 권위적인 목소리와 강압적인 분위기가 우리를 한없이 작아지게 만들었다.

하지만 다음 날이 되면 언제 그랬냐는 듯 우리는 다시 공터에 모여 놀았다. 마석이가 그렇게 자주 나타나지는 않았기 때문에 우리에게 녀석은 자연재해

정도의 이미지였다. 내 쪽으로 오는 날이면 재수가
없는, 그런 지나가는 태풍 같은.

　너무 더운 탓인지 매미도 울지 않던 날이었다. 나
는 간판도 없는 슈퍼 앞 평상에 앉아 아이스크림을
먹고 있었다. 누구의 방해도 받지 않고 소다 맛 막
대 아이스크림을 먹는 이 시간을 나는 가장 좋아했
다. 이런 기회는 여름내 몇 번 있지 않았기 때문에
특히나 더 각별했다. 나는 이 시간을 최대한 즐기기
위해 아이스크림을 조금씩 위쪽부터 깨물었다. 아
삭 소리와 입안에서 퍼지는 소다 향에 몸이 파르르
떨렸다. 그때였다. 멀리서 그것이, 한쪽에 그림이 박
힌 연두색 티셔츠가 보였다. 그 녀석이 내 쪽으로
다가오고 있는 것이었다. 한순간 온몸의 털이 바짝
곤두섰다. 마석이가 가까워질수록 몸은 점점 뻣뻣
해졌지만 떨리는 다리는 움직일 생각을 안 했다. 황
소처럼 성큼성큼 다가오던 녀석이 마침내 바로 앞
까지 다다랐을 때 난 심장이 쿵쾅거리는 소리 외에
는 아무것도 들을 수 없었다. 그런데 녀석은 아무

말도 없이 내 앞을 스쳐 지나갔다. 이건 기적이었다! 태풍이 나를 비껴간 것이다. 참았던 숨을 내쉬자 정신이 돌아왔다. 그리고 깨달았다. 태풍은 나를 비껴간 것이 아니었다. 내 아이스크림이, 반도 채 먹지 못한 소다 맛 막대 아이스크림이 더러운 흙바닥에 무력하게 처박혀 녹아내리고 있었다. 멀리서 녀석의 웃음소리가 들렸다.

몇 주 뒤, 녀석을 먼저 찾아갔다. 나는 태연한 표정으로 보물을 찾았다고, 너에게 먼저 보여주고 싶다며 마석이를 유인했다. 지금 생각해보면 어떻게 그런 궁색한 이유가 통했을까 싶지만 그게 우리가 고작 초등학생일 뿐이었다는 증거였다. 마석이는 조금의 의심도 없이 나를 따라 숲 사이로 난 좁은 도로를 걸었다. 구불구불한 도로를 따라서 가다 보면 강 쪽으로 그리 크지 않은 폐기된 수력발전소 건물을 볼 수 있었다. 멀리서 보면 무성히 자란 나무 탓에 하얀 건물의 윗부분만 보였지만 좀 더 들어가면 넓은 공터와 용도를 알 수 없는 작은 건물 하나를 더 볼 수 있었다.

신기하게도 아이스크림 사건 이후로 마석이에게 느꼈던 두려움들은 흔적도 없이 사라졌다. 대신 내 마음속엔 원망과 분노가 뒤엉킨 복수심 비슷한 무언가가 똬리를 틀게 되었다. 그것은 나를 서서히, 발끝에서부터 집어삼켰다. 나는 초점 없는 눈으로 하루에도 몇 번씩 중얼거리곤 했다. 마석이는 이 세상에서 없어져야 한다. 녀석은 살아있을 이유가 없다…. 그리고 마침내 계획을 세웠다. 남들이 모르는 곳으로 녀석을 유인해 끝장낼 계획을. 그것이 땅에 처박혀버린 내 아이스크림에 대한 애도였다.

우리는 정문을 지나 뜰의 안쪽으로 들어왔다. 뒤에서 기다림에 지친 마석이의 투덜거림이 느껴졌지만 난 개의치 않고 걸었다. 발전소 안에는 작동을 멈춘 커다란 터빈이 일정한 간격으로 늘어서 있었다. 우리는 제어실을 지나 벽을 따라 설치된 철제 계단을 올랐다. 계단을 밟을 때마다 요란한 쇳소리가 건물 전체로 울렸다. 나와 마석이는 마지막 층에 도착했다. 이곳에서는 발전소 내부를 한눈에 내려다볼 수 있었다.

"보물이 어디 있는데?" 위태위태하게 난간을 붙잡은 녀석이 낮게 깔린 목소리로 말했다.

나는 손가락으로 가장 끝쪽 난간 바로 옆에 있는 상자를 가리켰다. 초록색 천으로 덮인 이 상자는 전날 내가 준비해놓은 것이었다. 마석이는 느릿느릿 상자를 향해 다가갔다. 약간 거리를 벌린 채 뒤에서 녀석을 따랐다. 땀이 맺힌 손가락을 비비자 미끈거리는 감촉이 손끝에서 느껴졌다. 마석이가 아무 의심도 없이 천을 잡았을 때 나는 녀석의 뒤에서 양손을 펼쳤다. 그리고 온 힘을 다해 녀석의 등을 밀었다. 헉 소리를 내며 마석이가 크게 휘청거렸다. 그러나 내 힘으론 무리였다. 녀석은 손을 휘젓다 난간을 붙잡고 겨우 똑바로 선 뒤 이글거리는 눈으로 나를 노려봤다.

"이 미친 새끼가!" 녀석이 소리쳤다.

"으아아아!"

나는 아랑곳하지 않고 손날에 힘을 줬다. 몇 주 동안 벽을 상대로 수도 없이 연습했던, 내 최후의 기술이 빛을 발할 때가 된 것이다. 화가 난 녀석이 나를 향해 달려드는 순간, 녀석의 목을 겨냥해 찹 공격을 날렸다.

"아아아! 트리플 찹!"

"켁! 케켁!"

녀석이 목을 부여잡고 기우뚱거렸다. 나는 바로 오른발을 들어 녀석의 배를 힘껏 걷어찼다. 마석이 는 저항도 하지 못하고 뒤로 밀려나 난간 밖으로 떨 어졌다. 무거운 몸뚱이와 철이 부딪히는 소리가 계 속해서 울리다 큰 소리가 들리더니 이윽고 조용해 졌다. 나는 땀에 흠뻑 젖은 몸으로 그 자리에 주저 앉아 숨을 헐떡였다.

"어때요? 꽤 괜찮은 첫 경험 아닌가요? 그깟 아이 스크림 때문에 사람을 죽일 수 있다니, 이해가 안 되죠?" 내가 고개를 숙이고 말했다.

남자는 말이 없었다. 움직이지 않는 것을 보니 이 미 숨이 끊어진 듯했다. 남자의 묶인 손을 바라보다 옆으로 누워있는 그를 발로 밀어보았다. 평소에 얼마나 잘 먹었는지 두꺼운 몸이 꿈쩍도 안 했다. 마치 마석이의 몸뚱이를 보는 듯했다. 밖에서 경찰의 고함 소리가 들렸다. 손가락을 접어가며 그동안 내가 벌한 사람들의 숫자를 세어봤다. 그들은 모두 죽어 마땅한 사람들이었을까? 아니, 이제 그런 건 더 이상 중요하지 않았다.

의자에 앉아 눈을 감았다. 바람에 출렁이는 벼와 힘없이 털털거리는 파란색 트랙터, 습기를 가득 머금은 눅눅한 여름의 공기가 머릿속에 그려졌다. 그리고 한 소년이 보였다. 다리를 꼬고 평상에 앉아 손으로 부채질을 해가며 아이스크림을 먹는 한가로운 소년이….

그날은 분명 매미도 울지 않던 날이었다.

24

연금남

길을 걷는다. 툭. 머리 위로 무언가 떨어진다. 손을 위로 뻗는다. 손에 느껴지는 익숙한 천 원짜리의 감촉. 까끌까끌한 종이에 인쇄된 퇴계 이황의 얼굴을 원망스러운 표정으로 노려본다.

이 지긋지긋한 천 원짜리 같으니라고.

연금 받는 남자. 줄여서 연금남. 사람들은 나를 이렇게 부른다. 아마 내 본명에 관심 있는 사람은 우리 어머니뿐일 것이다. 몇 년 전부터 하늘에서 내 머리 위로 천 원짜리가 떨어지기 시작했다. 얼굴도 뒤통수도 아닌 정확히 정수리에. 처음엔 웬 공돈인가 싶었다. 편의점에서 아이스크림 하나 사 먹기에도 모자란 돈이었지만 마치 행운이 찾아온 것 같았다. 설레는 마음으로 그것을 지갑에 고이 담았다.

10분 뒤, 다시 머리 위로 천 원이 떨어졌다. 한 번은 우연이지만 두 번은 있을 수 없는 일이었다. 누군가의 장난일까? 눈을 들어 머리 위 고층 빌딩들을 둘러봤다. 이런 높이에서 정확히 내 머리 위로 돈을 떨어뜨리는 것은 불가능했다. 그럼 혹시 뒤에서? 급히 고개를 돌렸지만, 행인 중 나에게 시간을 할애해가며 그런 장난을 칠 만한 사람은 없어 보였다. 만약 다시 한번 떨어진다면…. 나는 그 자리에 서서 하늘을 바라보며 마음속으로 시간을 쟀다. 얼마 후 하늘에서 잔바람에 팔랑거리며 떨어지는 종이 한 장이 보였다. 천 원짜리 지폐였다. 그것은 부드럽게 나의 머리를 스치며 바닥에 떨어졌다.

이후 몇 번의 실험을 통해 천 원이 한 치의 오차도 없이 10분 간격으로 떨어진다는 것을 알아냈다. 그리고 또 하나의 규칙이 있었는데 내가 실내에 있을 때는 그것이 떨어지지 않는다는 사실이었다. 이것은 신의 장난일까? 아니면 우주를 관통하는 법칙의 작은 오류? 내 머리로는 이해할 수 없었다. 어쨌든 이것은 공돈. 경제 순환의 근간이 되는 돈이지 않은가. 하루 10시간만 밖에 나가 있으면 6만 원이, 그렇게 한 달이면 180만 원이 생기는 거였다. 남들에게 들키지만 않는다면 귀찮은 일도 생기지 않을 터였다. 나는 행운아가 된 것이다.

내 생각이 얼마나 어리석었는지 깨닫는 데까지는 오랜 시간이 걸리지 않았다. 애초에 이건 감출 수 있는 게 아니었다. 친구들과 밖에서 만난 지 정확히 20분 만에 나의 비밀은 드러나고 말았다. 친구들은 모두 비밀 엄수를 약속했지만, 며칠 뒤부터 내 휴대폰은 밤낮으로 울려댔다.

'신의 축복을 받은 남자.' 난 곧바로 유명해졌다. 인터뷰 문의가 줄을 이었고 TV 게스트로 불려 다니는 일이 잦아졌다. 매스컴은 혹시 나의 행적 중 대중들을 감동시킬 만한 드라마틱한 요소가 있진 않을까 눈에 불을 켜며 과거를 들춰냈다. 덕분에 어린 시절 딱 한 번 길가에 쓰러진 자전거를 일으켰던 일이 부각되어 전국에 쓰러져 있던 자전거들이 열을 맞춰 가지런히 세워지는 기적이 일어났다.

종교계에서는 죄 없는 나를 끌어들여 나는 알지도 못하는 신의 뜻을 떠들었다. 과학자들은 이 지폐에 관해서 연구하느라 밤을 새웠지만, 이것이 위조지폐가 아니라는 사실과 대기권의 상층운 부분에서 떨어진 것으로 추측된다는 모호한 결과만 발표한 채 연구를 포기했다. 신의 축복을 받은 남자를 만나기 위해 세계 각지에서 환자들이 모여들었다. 그러나 나는 지금까지 모아 왔던 천 원짜리들만 보여줄 수 있을 뿐이었고 실망한 그들은 썰물이 빠지듯 금세 사라져 버렸다.

그리고 지금. 이젠 아무도 나에게 긍정적인 관심을 가지지 않았다. 인터넷에서 나는 '시급 6천 원'이라고 불렸고, 한 코미디언은 나의 최대 장점이 시계를 차지 않고도 정확히 시간을 잴 수 있는 능력이라고 비꼬았다. 그렇다. 애초에 이것은 나에게도 남에게도 크게 도움이 되지 않는 어정쩡한 행운이었던 것이다. 오히려 나는 평범하게 살아갈 기회를 영영 빼앗겨버렸다. 평생토록 사람들의 주목을 받으면서 적당한 부러움과 적당한 비웃음을 지고 살아가야 하는 것이다.

그에게서 연락이 온 건 바로 이런 생각을 하고 있을 때였다. 무력한 하루하루를 보내던 내게 한 무속인이 연락해온 것이다. 그는 내게 깃든 저주를 풀어주겠다며 자신이 운영하는 철학관의 위치를 보내왔다. 미심쩍은 마음이 앞섰지만, 혹시나 하는 생각을 떨쳐버릴 수 없어 그곳으로 향했다.

외계 보살. 왠지 간판부터가 심상치 않은 기운을 풍겨서 그냥 돌아갈까 생각하는 순간, 안에서 가늘고 높은 남자 목소리가 들렸다. "들어와." 얼떨결에 문을 여니 아니나 다를까, 괴상한 피규어들이 잔뜩 놓인 수납장과 뒷벽에 큼지막하게 인쇄된 외계인 얼굴이 보였다. 두 발이 빨리 이곳에서 도망치라며 비명을 지르는 듯했다. 하지만 뭔가에 이끌리듯 양반다리를 하고 있는 그의 앞에 앉고 말았다.

"천살이야, 천살이 강해서 그래."

"천살이요?"

"그래. 하늘에서 내리는 벌. 비견 사주에 천살까지 겹쳐서 흉이 든 거야. 본인이 기운이 좋을 때는 괜찮았는데 기운이 떨어져서 이런 일이 일어난 거지."

"그럼…."

"굿을 해서 액운을 막아야 하네."

상위에 놓인 돌아가는 토성 모형이 계속 신경 쓰이긴 했지만, 외계 보살의 말은 묘하게 일리가 있었다. 나는 그의 제안을 거절하지 못하고 굿을 벌일 날짜를 잡았다.

약속했던 당일, 강원도의 한 야산에서 나와 무속인 일행은 굿을 준비했다. 낮게 깔린 시커먼 구름 아래로 큼지막한 상 두 개가 차려졌다. 외계 보살은 먼저 우주 신령이란 존재에게 절을 한 후 나에게도 절을 시켰다. 나는 머뭇거리다 마지못해 절을 했다. 그 와중에도 저주받은 천 원짜리 한 장이 내 머리에 떨어졌다. 그가 손을 내저어 나를 물러나게 했다. 화려한 옷을 입고 한 손에 부채를, 그리고 다른 한 손엔 방울과 알 수 없는 기구를 든 그의 모습은 사뭇 비장하게까지 느껴졌다.

그가 자세를 취하자 장구를 잡은 사람이 그것을 치기 시작했다. 장구의 박자에 맞춰 외계 보살이 알아듣기 힘든 노래를 부르며 몸을 흔들었다. 나는 침을 삼키며 굿을 바라봤다. 어느새 징과 꽹과리 연주도 시작됐다. 외계 보살은 고개를 푹 숙이고 손을 위로 휙휙 뻗으며 춤을 이어나갔다.

점점 음악 소리가 빨라졌다. 그는 무언가에 홀린 듯 눈을 감고 팔을 휘감았다가 펴곤 했다. 귓전에 울리는 날카로운 꽹과리 소리에 관자놀이가 지끈거렸다. 툭. 물기를 머금은 천 원짜리가 머리 위로 떨어졌다. 곧 비가 내린다는 신호였다. 나는 마음이 조급해졌다.

후드득. 어두워진 하늘 위에서 빗방울이 떨어지기 시작했다. 이제 그의 춤은 거의 극에 도달한 것 같았다. 그는 방울과 부채를 흔들며 고개를 위아래로 흔들었다. 빗소리를 덮어버리려는 듯 장구와 징과 꽹과리가 시끄럽게 울려댔다. 갑자기 외계 보살이 소리를 지르며 땅으로 고꾸라졌다. 나는 달려나가 그를 부축했다. 그는 이마에 흐르는 땀을 닦아내며 내게 미소 지었다.

"우주 신령님께서 액운을 막아주셨네."

"정말입니까?"

"그래. 그런데 전부는 못했어. 아쉽지만 조금의 액운은 남은 채로 살아가야 하네."

"그게 무슨 말이죠?"

그 순간, 딱. 정수리에 통증이 느껴졌다. 나는 손을 위로 올려 무언가를 집었다. 그것은 분명 지금까지의 저주에서 풀려났다는 신호였지만 앞으로 더 큰 불행을 감당해야 한다는 말이기도 했다.

내 손가락 사이로 비에 젖은 10원짜리 동전이 붉게 빛나고 있었다.

25

타인이 아닌 타인에 대하여

당신은 달리는 지하철 안 긴 의자 귀퉁이에 앉아 있다. 어두운 터널을 통과하는 지하철의 속력은 당신에게 거의 느껴지지 않는다. 당신의 시선은 희미한 지하철 노선도에 머물다 이내 흩어진다. 나른함이 중력과 함께 무거워진 고개를 아래로 잡아끈다.

그때, 무언가 당신의 시선에 들어온다. 굽이 높은 구두와 스타킹, 그리고 레이스가 과하게 달린 원피스. 만약 이것들이 모두 같은 검은색이 아니었다면 그것은 또 하나의 흐릿한 상에 지나지 않았을 것이다. 당신은 무의식적으로 고개를 든다.

시선의 끝에 50대 중후반쯤 돼 보이는 여인의 얼굴이 들어온다. 순백의 미인을 기대했던 당신은 다소 실망하지만, 그녀에게서 눈을 떼지는 못한다. 그녀는 손잡이를 붙잡고 앉을 자리를 찾는다. 당신은 건너편에 빈자리가 하나 있음을 알아챈다. 그녀도 역시 종종걸음으로 그곳에 앉는다.

그리고 당신은 그녀를 주시할 수밖에 없었던 이유를 깨닫는다. 그녀는 화려한 의상과는 전혀 어울리지 않는 표정을 짓고 있다. 진하게 그린 눈썹 사이로 굵은 주름이 여러 개 생겨난 것도 모른 채, 그녀는 인상을 구기며 울음을 참고 있다. 마치 손끝으로 건드리면 터져버릴 팽팽한 물풍선 같다고 당신은 생각한다.

그녀에게 다가가 무슨 일이냐고 물어봐 줄 만한 과도한 친절함은 당신에게 없다. 다만 그녀가 만들어낸 모순된 조화가, 하얗게 뜬 화장과 검은색 원피스가, 화려한 레이스와 어두운 표정이 당신을 상상으로 이끈다. 당신은 알지 못하는 그녀의 삶을 되짚어본다.

그녀는 카페에 앉아있다. 맞은편에 앉은 그녀의

남편은 지금 그녀에게 이별을 고하고 있다. 당신은 너무 촌스러워. 그가 말한다. 그녀는 눈을 어디에 둬야 할지 모른다. 떨리는 눈망울이 하염없이 변명 거리를 찾는다. 그러나 그의 일방적인 선고가 꼬챙이가 되어 그녀의 말을 모두 꿰어가 버린다. 그녀는 말없이 눈물을 흘린다.

커다란 고무 통속의 양념을 버무리며 그녀는 TV를 보고 있다. 60대를 훌쩍 넘긴 여가수가 입고 있는 분홍 드레스에 눈길이 머문다. 그러다 그녀는 분홍 고무장갑을 낀 손을 이리저리 뒤집어가며 바라본다. 드레스보다는 고춧가루가 덕지덕지 묻은 이 고무장갑이 자신과 어울리는 것 같다고 생각한다. 당신은 너무 촌스러워. 꼬챙이가 다시 가슴을 찌른다. 홀에서 주문이 들어온다. 장갑을 벗고 비닐 포장된 육개장을 뜯어 냄비 속에 넣는다.

그녀는 백화점의 에스컬레이터를 타고 있다. 초록색 블라우스와 빨간 치마를 입고서. 여성복 층에 도착한 후 잠시 주춤하던 그녀는 눈앞의 매장으로 향한다. 바라보는 점원의 시선이 곱지 않지만, 그녀는 깨닫지 못한다. 옷들을 천천히 넘기다 분홍색 치마를 집어 든다. 거울을 보며 허리춤에 대고 무대 위에 서는 상상을 해본다. 세련된 의상에 어울리는 하얀 마이크를 다소곳하게 잡고, 부드러운 눈빛으로 관객들을 바라보면서…. 점원의 기침 소리가 그녀를 상상 속에서 끌어낸다. 눈치를 보며 가격표를 확인한 그녀는 곧 현실을 깨닫는다. 가격에 0이 과도하게 붙은 이 치마도, 은백색 대리석으로 장식된 화려한 매장도, 잠시 꿈꿨던 무대 위에서의 화려한 삶도 애초에 그녀와는 어울리지 않는 것이었다.

지하철의 덜컹거림에 당신은 정신이 든다. 어느새 가득 찬 사람들에 가려져 맞은편의 그녀가 보이지 않는다. 당신은 고개를 기울여 그녀를 찾는다. 사람들의 다리 사이로 검은 스타킹에 감싸인 그녀의 무릎이 보인다. 당신은 안도의 한숨을 내쉰다.

그녀는 함께 일하는 식당의 언니로부터 만남을 제의받는다. 그녀에게 자녀가 있을까? 아마 없을 것이다. 아직 새로운 만남을 가질 준비가 되지 않았다는 그녀의 말은 세상에 준비된 만남은 없다는 언니의 충고에 묻혀버린다. 사실 전 만남이 두려워요. 그녀는 맴도는 말을 억지로 삼킨다.

당신은 너무 촌스러워. 전남편의 말은 그녀를 붙들고 놓아주지 않는다. 맞선 상대와 약속을 잡을 때도, 식당 주방에서 냉동 육개장을 끓일 때도 그가 내뱉은 가시 박힌 말이 그녀를 계속 찌른다. 구석에서 밥을 먹고 있는 손님을 등지고 그녀는 TV 채널을 돌린다. 참 세련됐죠? 홈쇼핑 쇼호스트의 말에 버튼을 누르던 손가락이 멈춘다. 화면 속 서양 모델은 도도한 표정을 지으며 자신의 패션을 자랑하고 있다. 올 블랙. 그녀는 그 옷을 입고 있는 자신을 잠깐 동안 상상해 본다. 그래. 참 세련됐네. 그녀는 휴대폰을 든다.

그녀는 길이가 짧은 원피스에 계속 신경이 쓰인다. 발끝까지 검은색으로 치장한 그녀는 약속 장소로 가고 있다. 행인들의 시선을 의식하며 원피스를 계속 아래로 내린다. 또각, 또각. 그녀의 구두 소리마저 어색하다.

남자는 그녀를 살펴보고 있다. 다 풀어져 가는 파

마머리에서부터 원피스의 레이스를 지나 굽이 높은 구두에 이르기까지. 자신을 관찰하는 시선이 그녀는 부담스럽다. 취향이 독특하시네요. 그는 쓴웃음을 짓는다. 당신은 너무 촌스러워. 그는 어느새 전남편으로 변해있다. 그녀는 죄인이라도 된 듯 시선을 내리깔고 안절부절해 한다. 그가 가벼운 상식을 묻는다. 몰라요. 능청스럽게 웃으며 넘길 뻔뻔함이 그녀에게는 없다. 얼굴이 벌겋게 달아오른다. 과하게 먹인 진한 화장도 그것을 가려주지 못한다. 그래요. 난 촌스럽고 무식해요. 그녀는 자리를 뛰쳐나온다.

지하철 문이 열리고 사람들이 빠져나간다. 그녀는 이미 내린 듯 보이지 않는다. 당신은 기억을 더듬으며 점차 흐려져 가는 그녀의 이미지를 떠올린다. 나이에 어울리지 않는 올 블랙 패션, 진한 화장과 금방이라도 울음을 터뜨릴 것 같았던 얼굴. 당신의 머릿속으로 침투해왔던 그녀는 점점 미간에 생긴 세 줄의 깊은 주름으로만 기억된다. 당신은 눈을 감고 의자에 등을 기댄다. 타인이었던 그녀는 더 이상 당신에게 타인이 아니다. 상상 속 그녀의 이름을 나지막이 되뇌며 당신은 서서히 잠이 든다.

26

도선생의 시간

"혜연아, 저기 좀 봐봐. 저 사람이 도선생이야."

밥을 먹다 말고 고개를 들었다. 식사하는 사람들의 어깨 사이로 기다란 탁자 한구석에 혼자 앉아있는 덩치 큰 남자가 보였다. 덥수룩한 곱슬머리에 검은색 후드티를 입고 있는 그 남자는 양은냄비에 담긴 라면을 바쁘게 먹으면서도 휴대폰에서 눈을 떼지 않고 있었다.

"행정고시인지, 7급 공무원인지를 준비하는 선배라는데 우리 학교에서 꽤 유명하대. 넌 몰랐지?"

나는 고개를 끄덕이고는 샐러드를 입에 넣으며 다시 그 남자를 바라봤다. 얼굴이 크고 겉모습이 조금 추레해 보이는 것 말고는 별로 특별할 게 없어 보이는 사람이었다. 정아는 저 남자가 거의 하루 종일 도서관에서 살기 때문에 도선생이라는 별명이 붙여졌다고 했다.

"여기에 얼마나 오래 있었던 건데?"

"음…, 나도 잘 모르지만, 선배들 말을 들어보면 5년, 아니 10년도 더 된 것 같아. 공부에 완전히 미쳐버렸대."

정아는 그 말을 하며 손가락을 머리에 대고 조심스럽게 빙빙 돌렸다. 나름대로 노력하고 있는 사람을 험담하고 싶지 않아서 무심하게 대답을 던지고는 다시 샐러드를 먹었다. 매일 드레싱만 달라지는 학생식당의 양상추 샐러드에도 이제 어느 정도 적응이 됐다. 오늘은 달콤한 맛의 참깨 흑임자 드레싱이었다.

학기 중에 도선생과 마주치는 일은 몇 번 없었다. 나는 학과 건물을 벗어날 일이 별로 없었고 그 사람은 학생식당 옆 도서관에서만 지내는 것 같았다. 시간이 지날수록 점차 뜸하게 가던 학생식당만이 어쩌다 도선생을 볼 수 있는 유일한 장소였다. 그 사람은 항상 냄비 라면과 밥 한 공기를 시켜서 외진 자리에 혼자 앉고는 휴대폰을 보며 라면과 밥을 허겁지겁 입에 넣었다. 귀에 꽂힌 이어폰을 보니 그 순간마저도 인터넷 강의를 듣고 있는 듯했다. 옷은 언제나 같아 보이는 늘어진 검은색 후드티였다. 나는 그럴 때마다 도선생의 집 옷걸이에 일렬로 걸려 있는 같은 모델의 검은색 후드티들을 상상해봤다. 이건 월요일용, 이건 화요일용, 이건 중요한 날 입는 용….

도선생을 볼 때마다 키득대던 친구들도 2학년이 되고 나서부터는 별로 그 사람에게 관심을 가지지 않았다. 가끔 신입생들을 학생식당으로 잔뜩 데리고 가서 가장 비싼 메뉴를 사주며 '학교의 살아있는 전설 도선생'에 대해 비밀스럽게 이야기해주는 것이 전부였다. 그럴 때면 친구들은 서로 도선생의 공부 기간을 두고 11년이네, 12년이네 하며 다투곤 했는데 그 기간이 길게 합의될수록 모두가 뿌듯해하는 것 같았다.

도선생을 다시 본 것은 중간고사를 위해 도서관

자리를 잡았을 때였다. 키오스크를 보니 가장 구석의 두 자리만 남아있었다. 정아와 함께 서둘러 등록을 하고 조심스럽게 도서관 안으로 들어갔다. 하얗게 비추는 형광등 불빛 아래로 칸마다 학생들이 빽빽이 들어차 있었다. 기적같이 딱 두 자리가 남았음에 안도하며 맨 구석 안쪽으로 걸어갔지만, 곧 그 이유를 깨닫게 됐다. 우리 자리 바로 옆 가장 안쪽 자리에 종이박스 사이로 삐져나온 시커먼 슬리퍼 밑창이 보였다. 그 자리의 주인은 마치 누구의 간섭도 원하지 않는다는 듯 칸막이를 넘어 의자가 있는 쪽까지 한 칸 전부를 커다란 종이박스로 가려놓고 있었다. 도선생이 틀림없었다. 밑창이 바닥과 수직을 이루고 있고 작게 쌔근거리는 소리가 들리는 거로 보아 그 안에서 몸을 최대한 웅크리고 바닥에 누워 자는 것 같았다. 멍하니 그 사람을 쳐다보다가 정아에게 귀가 잡아당겨지고 나서야 정신이 들었다. 정아는 여전히 망설이고 있던 나를 밖으로 끌어냈고, 그 뒤 우리는 학교 근처 24시간 카페로 가서 밤새 시험공부를 했다.

영화 시나리오를 쓰고 싶어 연극영화과로 오게 됐지만 녹록지 않은 현실에 고민이 많이 됐다. 시나리오 작법서를 잔뜩 사고, 지망생 카페에 가입해서 올라오는 글들을 빠짐없이 읽어보고, 성공한 작가들의 인터뷰를 보며 의욕을 되살려보기도 했지만 '과연 내가 작가가 될 수 있을까?', '먹고살 수 있기는 한 걸까?' 같은 걱정들이 끊이지 않았다. 정아는 그때마다 어디서 듣고 왔는지 어떤 작가가 계약을 못 해서 3개월 동안 고구마랑 물만 먹고 버텼다더라, 드라마 작가는 여왕이고 영화 시나리오 작가는 불가촉천민이라더라, 일 년에 한 편씩 계약을 못 하면 굶어 죽기 딱 좋은 게 이 직업이라더라, 같은 말들을 열심히 퍼 날라줬다.

노력해도 잘할 자신이 없었고 또 그만큼 노력할 의지도 없었던 나는 결국 일찌감치 꿈을 포기했다. 애초에 작가의 길은 나랑 맞지 않았다는 비겁한 변명을 되뇌어 가면서. 토익 강좌 수강을 위해 학원 사이트에 접속했다. 시간을 결정하고 수강료 결제를 누르려는 순간 도선생의 수척한 얼굴이, 덥수룩

한 곱슬머리가, 라면을 먹으면서도 휴대폰에서 떼지 않았던 커다란 두 눈이 스쳐 지나갔다. 손가락이 마우스 버튼 위에서 빙빙 돌았다. 나는 결제 버튼을 눌렀다.

시간은 금세 지나가 어느새 졸업을 눈앞에 두게 됐다. 눈이 나지막하게 내리던 겨울, 마지막을 기념하기 위해 모였던 술집에서 한 선배가 도선생 이야기를 꺼냈다. 그 선배는 술이 얼큰하게 취해 자리에서 일어나더니 학교의 전설 도선생이 기억나냐며, 그 사람 알고 보니 행정고시도, 7급도 아닌 9급 공무원을 준비했던 거였다고 비아냥댔다. 그러면서 선배는 자기라면 쪽팔려서라도 일찌감치 포기했을 거라고, 몇 번 하다 안 되면 깨끗이 인정하고 물러나는 게 사나이다운 거라고 거드름을 피웠다. 선배의 이야기가 계속될수록 점점 마음이 불편해졌고 결국 참지 못한 나는 자리에서 벌떡 일어나고야 말았다. 선배가 그 사람에 대해 얼마나 아는데요? 노력해도 되지 않는다고 해서, 앞이 보이지 않는다고 해서, 그런데도 포기하지 않는 게 놀림당해야 할 이유가 되는 건가요? 그러나 나는 이렇게 소리치지 못했다. 그저 분한 마음을 꾹꾹 누르며 종종걸음으로 술집 밖으로 나왔을 뿐이었다.

하늘에선 아직도 솜털 같은 눈이 얕은 바람에 살랑거리며 떨어지고 있었다. 복잡한 마음으로 땅만 쳐다보고 서 있는데 바로 옆 편의점 쪽에서 작게 한숨 소리가 들려왔다. 도선생이었다. 그 사람은 한 손에 담배를 들고 하얀 연기를 하늘로 뿜으며 별도 보이지 않는 깜깜한 하늘을 멍하니 바라보고 있었다. 저 두 눈동자는 지금 뭘 보고 있을까? 그 끝에는 행복한 결말이 있는 걸까?

동그랗게 뭉쳐진 담배 연기가 바람을 타고 서서히 흩어졌다.

취직을 하고 몇 년 동안 정신없이 일하면서 도선생에 대한 기억은 점점 희미해졌다. 평소와 같이 바쁘게 출근을 하던 어느 날이었다. 지하철역 상가를 지나던 도중 우연히 도선생을 보게 됐다. 거기서 그 사람을 보게 될 줄은 상상도 못 했다. 도선생은 새로 생긴 휴대폰 매장 앞을 대걸레로 밀고 있었다. 반가운 마음에 나도 모르게 그 사람 앞에서 멈춰 서고 말았다. 무의식적으로 인사가 나오려 하는 걸 급히 틀어막자 도선생은 고개를 들고는 커다란 눈으로 나를 끔벅끔벅 쳐다보더니 다시 허리를 숙이고 대걸레질을 했다. 결국, 잘 안됐던 거구나… 착잡한 마음을 뒤로하고 돌아서려는데 우연히 계산대 쪽으로 눈길이 갔고, 그곳에 올려진 물건들을 본 순간 나는 울컥하고 말았다. 겹겹이 쌓인 수험서와 노트였다. 나는 황급히 그 자리를 뜰 수밖에 없었다. 그러곤 죄인이 된 마냥 고개를 숙이고 입을 가린 채 빠른 걸음으로 계단을 내려갔다.

지하철에 올라탄 뒤에야 떨리던 마음이 조금 진정되었다. 문이 닫히며 출발한다는 안내 음성이 들려왔다. 사람들의 틈바구니에서 멍한 눈으로 유리에 비친 내 모습을 바라봤다. 내 눈은 분명 창에 비친 나를 바라보고 있었지만, 머릿속에선 때를 타 너덜너덜해진 수험서들이, 수없이 폈다 닫았을 검은

노트가, 그 옆으로 가지런히 놓여있던 삼색 펜이 떠
나가지 않았다. 그리고 마음 한구석에선 애처로울
정도로 포기를 모르는 그 남자를 위한 작은 기도가,
전해지지 못할 위로의 말들이, 막혔던 댐에 구멍이
뚫리듯 끊임없이 새어 나오고 있었다.

27

마다가스카르의 세 해적 - 상

"이것 봐, 루이 도르(루이 13세 시대에 발행된 프랑스 금화)야." 이즈레이얼이 국왕의 얼굴이 새겨진 금화를 들어 올리며 말했다.

"조지! 기니! 더블룬에 모이도르까지, 없는 게 없군!" 월터 오스본은 바닥에 엎드려 한쪽밖에 없는 팔을 이리저리 휘저어가며 금화들을 쓸어 모았다. 하지만 곧 품에 잔뜩 안은 금화를 자루에 집어넣을 다른 손이 없다는 것을 깨닫고는 가래침을 뱉으며 그것들을 땅에 쏟아버렸다.

마일즈 랭턴은 두 해적의 뒤에 서서 섣불리 발걸음을 내딛지 못하고 있었다. 이 굼뜨고 어눌한 해적은 아직도 숨겨진 보물에 대한 근거 없는 저주들에

사로잡혀있느라 커다란 몸뚱이를 잔뜩 움츠리며 식은땀을 흘리고 있을 뿐이었다.

"야, 이 멍청한 놈아! 한쪽 눈에 총알구멍 나기 싫으면 당장 와서 도와!" 엄지손톱을 닳아 없앨 기세로 물어뜯고 있는 마일즈를 향해 월터가 쉿소리를 냈다. 마일즈는 눈알을 몇 번 굴리다가 좌우를 두리번거리며 그들을 향해 걸어갔다.

어두컴컴한 동굴 안에서 횃불 몇 개에 의지한 채 세 명의 해적은 상자 속에 들어있던 보물을 운반하기 좋게 자루에 나눠 담았다. 상자 안은 각국의 금화 말고도 동물이나 실타래 등이 그려진 주화들과 일련번호가 새겨진 은괴, 기이한 모양의 황금 장신구, 영롱한 빛을 내는 보석 등으로 가득 차 있었다. 형형색색의 보석을 발견할 때마다 마일즈는 그것을 집어 눈에 가까이 대고 일렁이는 횃불에 조심스럽게 비춰보았다. 입을 멍하니 벌린 채 넋을 잃고 보석을 바라보는 마일즈를 보며 월터는 어깨가 들썩거릴 정도로 킬킬대느라 안고 있던 금화들이 떨어지는 것도 모르고 있었다. 이즈레이얼은 일찌감치

자기 할 일을 마치고 낮은 바위에 걸터앉아 거북 딱지로 만든 코담배 갑을 열었다. 그는 담뱃가루를 한 움큼 집어 콧구멍에 쑤셔 넣은 뒤 숨을 깊게 들이마시며 생각이라고는 전혀 없어 보이는 두 해적을 바라봤다. 보물을 가지고 안전하게 마다가스카르로 돌아가려면 애석하게도 이 두 멍청이 모두가 필요한 상황이었다. 하지만 그전에 확실히 해두지 않으면 안 되는 것이 있었다.

"윌터, 마일즈, 내 얘기 좀 들어봐." 이즈레이얼이 다리 한쪽을 바위 위에 접어 올리며 말했다. "분배에 대한 문제야."

두 해적이 귀를 쫑긋 세우고 그에게 다가갔다. 윌터가 툭 튀어나온 한쪽 눈을 찡그리며 앞장섰고, 그 뒤를 마일즈가 허둥지둥 따라왔다. 비스듬히 깨진 바위 하나를 사이에 두고 세 해적은 서로 적당한 간격을 벌린 채 아무 말도 하지 않았다. 기분 나쁜 침묵의 공기가 동굴 안에 맴돌았다. 마치 지난밤 황열병으로 목숨을 잃은 선장 데이비드 워커의 유령이 그들의 목소리를 모두 빼앗아 가버린 것 같았다. 이즈레이얼은 나머지 둘을 불러냈다는 사실을 잊어버리린 듯 눈을 지그시 감고 담배 향을 음미하기만 했다. 기다리다 못한 월터가 뭐라도 한마디 하려던 순간 드디어 이즈레이얼이 입을 열었다.

"마일즈, 보물을 옮겨 담은 자루가 총 몇 개지?"

"열 자루야, 이즈레이얼."

"그래. 그런데 내 생각에는 우리가 이걸 똑같이 나눌 수는 없는 것 같아."

"그게 무슨 소리야?" 월터가 눈을 희번덕거리며 말했다.

"각자 세운 공이 다르다는 거지." 이즈레이얼은 다시 담뱃가루를 집어 천천히 콧구멍에 집어넣었다.

"고, 공이 다르다고? 우리가 지금까지 했던 고생에 차이가 있다는 거야?" 흥분한 월터의 눈은 이제 거의 밖으로 튀어나올 기세였다.

"정확히 말하면 앞으로 기여할 양이 다르다는 얘기야."

이즈레이얼은 말을 마친 뒤 눈을 감고 숨을 크게 들이마셨다. 그 모습이 해적치고는 너무나 기품 있게 보인 나머지 다른 두 해적은 자연스레 위축될 수밖에 없었다. 아무도 말하지 않았는데도 그는 이미 선장의 자리를 대신하고 있는 것같이 보였다. 이즈레이얼은 모든 것이 순조롭게 진행되고 있음을 느끼고 작게 미소를 지으며 다시 입을 열었다.

"이봐, 마일즈. 우리가 마다가스카르로 돌아가기 위해선 배를 타야겠지?"

"그렇지. 왔던 길로 돌아가려면 바다를 건너야 하니까."

"맞아. 그런데 이번 항해에서 열여섯 명 중 선장을 비롯한 운이 나빴던 열세 명이 죽어버렸잖아. 그럼 저 커다란 배를 조종할 수 있는 사람은 누가 남았을까? 누가 물길을 보고, 바람의 방향에 따라 돛을 조종하고, 무풍지대에 빠지지 않게 무사히 배를 목적지까지 인도할 수 있을까?"

"물론 조타수인 너 말고는 할 수 있는 사람이 없지. 나와 월터는 그냥 항해사일 뿐이니까."

"그래! 바로 그거야! 그렇다면 이 사실이 뜻하는 게 뭐겠어?"

"음…, 수영을 하지 않아도 돼서 참 다행이다?"

"이런 마일즈! 이 덜떨어진 친구야! 데이비드 워커의 앵무새 윙필드도 너보단 눈치가 빨랐을 거야! 지금 내가 말하고 있는 건 분배의 문제라고, 분배!" 이즈레이얼이 이마를 손으로 짚으며 과장된 몸짓을 했다. 이를 지켜보던 월터가 인상을 구기며 앞으로 한 걸음 다가왔다. 그는 이미 감출 수 없는 분노로 얼굴이 벌겋게 달아올라 있었다.

"그래서, 네가 원하는 분량이 얼마만큼인데?"

"역시 월터는 좀 낫군. 얘기가 빠르겠어…" 이즈레이얼은 한참 동안 이마를 긁으며 고심하는 척을 했다. 그러고는 손바닥을 활짝 펴 자신의 몫을 표시했다. "다섯."

"다섯 자루라고? 말도 안 돼!" 월터가 소리쳤다. 이즈레이얼은 여유로운 미소를 지으며 그를 바라볼 뿐이었다.

"잘 생각해보라고. 한 자루의 보물만 있어도 너흰 평생 놀고먹을 수 있어. 그러니 그렇게 욕심부릴 것까진 없잖아?" 이즈레이얼은 양손을 펼치며 어깨를

으쓱해 보였다.

"그렇다면 너야말로 왜 그렇게 욕심을 부리는 건데?" 월터가 콧김을 뿜으며 말했다.

"나는… 음… 투자를 할 곳이 몇 군데 있어서 그래…."

투자. 한낱 해적의 입에서 이런 심오한 단어가 나오다니. 월터는 더 이상 반박할 수 없었다. 게다가 마일즈는 이미 이즈레이얼의 꾐에 넘어간 듯 멍청한 표정으로 고개만 끄덕이고 있었다. 월터는 분통이 터졌지만 어쩔 도리가 없었다. 조타수가 없다면 배를 바다에 띄운다고 한들 아무것도 할 수 없는 건 당연한 일이었다. 그리고 확실히 저 황금이 가득 담긴 주머니가 하나만 있더라도 평생 돈 걱정할 일은 없어 보였다. 그렇다면 문제는 남은 주머니였다. 월터는 고개를 돌려 마일즈를 바라봤다.

"그래…. 생각해보니 이즈레이얼의 말이 일리가 있는 것 같아. 그럼 이제 우리 몫을 나눠야겠지, 마일즈?"

"그냥 반으로 나누면 되는 거 아니야?"

"이 멍청이야, 남은 자루를 봐! 다섯 개잖아! 이걸 어떻게 반으로 나눌 수 있겠어? 저렇게 주둥이까지 꽉꽉 채웠는데."

"그럼 어떡하면 되는데?"

"음…, 내 생각엔 내가 셋을 갖고 네가 둘을 가지면 될 것 같아."

"왜 그렇게 되는 거야?" 마일즈가 눈을 부릅뜨며 소리를 질렀다.

"워어, 진정해 마일즈. 솔직히 일하는 거나 머리를 쓰는 것만 봐도 내가 너보단 훨씬 잘하잖아? 애초에 넌 시키는 일 밖에는 못 하지만 난 누가 지시하지 않아도 밧줄을 감거나, 삐걱대는 활대를 고정하거나, 권총의 탄약을 재어둘 수 있다고. 그리고…."

"그리고?"

"투자…를… 조금 할 데도 있고…."

이즈레이얼은 웃음을 터뜨리고 말았다. 마다가스카르로 돌아간 뒤 남은 한 자루를 반반씩 나누면 될 것을. 두 멍청이의 대화를 보고 있으니 비루한 광대들의 공연을 감상하는 한가한 왕이 된 기분이었다.

하지만 저래서는 싸움이 끝날 것 같지 않았기에 자신이 친히 움직여주기로 마음먹었다. 그는 두 해적을 지그시 바라보다 천천히 입을 열었다.

28

마다가스카르의 세 해적 - 하

"월터, 마일즈. 잠깐 끼어들어도 될까?"

"무슨 일이야?"

"내가 괜찮은 생각이 나서 말이야. 너희들의 문제를 해결해줄 수 있는."

"그게 뭔데?"

"저 자루 하나를 마저 나에게 넘겨. 그럼 간단하잖아. 너희가 남은 자루를 두 개씩 가지면 싸울 일도 없을 테고. 대신 육지로 돌아간 후에 이 한 자루를 투자해서 수익을 올리게 되면 너희에게 그 몫을 절반씩 나누어 줄게. 약속해."

물론 생각해볼 가치도 없는 뻔한 거짓말이었지만 둘은 제안을 놓고 진지하게 고민했다. 이즈레이얼은 끝까지 자신을 실망시키지 않는 이 얼빠진 해적들의 영혼이 너무나 가여워 눈물이 날 지경이었다. 그런데 눈알을 굴리며 곰곰이 생각하던 마일즈의 입에서 예상외의 답변이 튀어나왔다.

"아니야! 지금 생각해보니 이건 말이 안 돼."

"그게 무슨 말이야?" 당황한 이즈레이얼이 말했다.

"선장이 늘 말하던 규칙 기억나? 모든 선원은 누구나 동드…, 아, 그래! 동등하게 한 표를 가진다! 요리사든, 조타수든, 심지어 선장이라도 말이야! 그 말대로라면 우리는 보물을 똑같이 가질 궈, 권리가 있어!"

"그래. 맞아! 그거야! 분명 육지로 돌아가려면 이즈레이얼 네가 필요하긴 하지만 너도 우리가 필요한 건 마찬가지잖아? 캡스턴을 돌리든가 닻을 올리는 일을 혼자서 다 할 수는 없어. 그렇지?" 월터가 흥분한 목소리로 거들었다.

이즈레이얼은 인상을 찌푸리며 눈을 감았다. 괜히 욕심을 낸 탓에 상황이 어그러져 버린 것이다. 빨리 뭔가 다른 제안을 생각해내서 이 상황을 넘겨

야만 했다. 그는 뒤로 조금 물러나 호흡을 가다듬었다. 그런데 그 모습을 바라보던 월터의 표정이 점점 일그러졌다.

"아까부터 설마설마했는데…. 역시나 분명해! 네 녀석! 처음부터 우리 몫을 다 챙길 생각이었지? 이 악랄한 놈 같으니!"

월터의 손이 허리춤을 향해 내려갔다. 본능적으로 적의를 느낀 이즈레이얼과 마일즈도 거의 동시에 허리춤으로 손을 뻗었다. 순식간에 세 해적의 손에 들린 권총이 서로를 향했다. 월터는 이즈레이얼을, 이즈레이얼은 월터를 겨냥했고 마일즈의 총구는 둘 사이에서 갈피를 잡지 못하고 방황했다.

"이봐, 월터. 난 모두가 좋은 방향으로 갈 수 있게 고심한 것뿐이야. 우리 셋 누구도 손해 보지 않는 지점을 얘기해준 것뿐이라고."

"개소리 마! 처음부터 각자 세 자루씩을 챙기고 나머지 하나는 마다가스카르로 가져간 다음 생각해도 됐잖아!"

"그게 옳다고 생각한다면 지금이라도 그렇게 하

자고.”

“아니! 네 녀석은 처음부터 마음에 안 들었어. 글자 좀 읽을 줄 안다고 거드름 피울 때부터 알아봤다고! 이렇게 뒤통수나 칠 녀석이란 걸!”

“하지만 내가 없으면 배를 움직일 수 없을 텐데…”

“우리 둘만으로도 할 수 있어! 어깨너머로 배운 것들이 있으니까.”

이즈레이얼은 깊은 한숨을 내쉬었다. 그러고는 마일즈를 바라보며 나지막이 말했다.

“마일즈, 지금 총구를 겨냥해 나와 함께 저 녀석을 쏴준다면 너에게 보물 네 자루를 주지. 우리 둘만으로도 노력한다면 충분히 마다가스카르로 돌아갈 수 있어.”

“저 자식 말 믿지 마! 널 이용하는 거야! 저놈을 쏴! 너에게 반을 줄게! 우리 힘으로도 어찌어찌하면 배를 움직일 수 있을 거야!”

“봤지, 마일즈? 저놈은 항해할 자신이 없어. ‘어찌어찌’라니. 우습기 짝이 없군. 자 시간이 없어, 마일즈. 저놈을 쏴. 머리에 한 발, 가슴에 한 발. 너와 나의 총알 두 발이면 저놈 목숨은 영원히 끝이야. 그런 다음 돌아가자고. 럼주와 비둘기 파이가 있는 우리들의 고향으로.”

“속지 마! 분명 항구에 도착하는 대로 널 바닷속으로 밀어버릴 간악한 놈이야!”

“마일즈, 빨리!”

“어서, 마일즈!”

마일즈는 식은땀을 흘리며 총구를 이쪽저쪽으로 향했다. 하지만 누구를 쏴야 할지 결정할 수가 없었다. 이럴 때 명령을 내려줄 선장이 있었다면…, 하다못해 쓸데없는 말만 지껄이던 그의 앵무새 윙필드라도 있었다면.

바로 그때였다.

“외발이 온다! 외발 유령이 온다!”

동굴 전체로 앵무새 윙필드의 울음소리가 메아리쳤다. 며칠 전 사라졌던 선장의 앵무새가 용케도 죽지 않고 살아있었던 것이다! 월터의 고개가 소리의 방향을 향해 들린 그 순간을 이즈레이얼은 놓치지 않았다. 그는 곧바로 월터의 가슴을 겨냥했다. 이를 눈치챈 월터 또한 이즈레이얼을 겨냥해 방아쇠를 당겼다. 탕탕. 잿빛 연기가 흩어지며 두 해적이 바닥에 풀썩 쓰러졌다. 이즈레이얼은 이마를, 월터는 왼쪽 가슴을 정확히 관통당했다. 쓰러진 두 해적 사이에 선 마일즈는 아직도 떨리는 손을 주체하지 못한 채 권총을 들고 있었다. 둘은 완전히 숨이 끊어진 듯 미동도 하지 않았다. 모든 게 끝이 났다. 이제는 배를 움직일 방법도, 마다가스카르로 돌아갈 방법도 없어진 것이다.

"외발이 온다! 외발 유령이 온다!"

앵무새 윙필드가 날카로운 목소리를 내며 동굴 천장을 빙빙 돌았다. 동굴 안에 세워두었던 횃불이 죽은 두 해적과 살아남은 한 해적을 비추고 있었다.

"저, 저주야… 역시 이 보물은 저주받았던 거야…"

중얼거리던 마일즈는 권총을 든 손을 내리고 천천히 보물 상자 곁으로 걸어갔다.

"둘 다 죽어버리면 나는 어떡하라는 거야."

위에서 윙필드의 울음소리가 어지럽게 들려왔지만, 그는 신경 쓰지 않았다. 상자에 기대앉은 마일즈는 멍하니 앞을 바라보며 바닥에 놓인 동전들을 하나씩 앞으로 던졌다. 팅그르르. 동전들이 바위에 부딪혀 이리저리 굴러가는 소리가 들렸다. 동료들이 오랫동안 꿈꿔왔던 바로 그 금화의 소리였다.

한참 뒤, 주위에 동전이 하나도 남지 않게 되자 마일즈는 자리에서 일어났다. 그는 상자 밑바닥에 있던 보석이 박힌 왕관을 꺼내 머리에 썼다. 그러고는 이즈레이얼이 앉았던 바위로 터벅터벅 걸어가 그곳에 걸터앉았다. 그는 옆에 놓인 코담배 갑을 물끄러미 바라보다 담뱃가루를 한 움큼 집어 코에 쑤셔 박았다. 그리고 이즈레이얼이 했던 것처럼 숨을 깊이 들이마셨다. 그러나 너무 세게 숨을 들이마신 탓에 가루가 목구멍을 타고 들어오자 마일즈는 목을 부여잡고 크게 기침을 하다 담뱃가루를 도로 뱉어내 버렸다. 모든 것을 체념한 그는 바다의 여신이 조잡하게 새겨진 권총을 관자놀이에 대고 눈을 감았다. 검지가 방아쇠를 당기기 직전, 그는 동료들과 함께 불렀던 노래를 목청껏 불렀다.

　범포에 싸인 럼주가 세 병!
　숨겨뒀던 병들은 이미 죽은 자들의 몫이라네.
　런던 다리 위에는 처형을 기다리는 해적들의 긴 줄이!
　밧줄이 춤을 춘다. 오늘도 열댓 놈!

　틱. 예상치 않은 소리에 마일즈는 눈을 떴다. 무슨 일인지는 몰라도 권총이 제대로 작동하지 않은 것이다. 방아쇠를 몇 번을 당겨도 마찬가지였다. 아마도 배에서 내려 동굴까지 걸어왔을 때 화약이 물에 젖은 게 아닌가 싶었다. 아무것도 할 수 없는 상황에서 목숨조차 끊을 수 없다니, 이건 비극이었다. 마일즈는 무력한 표정으로 허공을 바라봤다. 그는 고개를 흔들며 고통스럽지 않은 다른 자살 방법을 궁리했다. 그런데 갑자기 배 속 깊은 곳에서부터 허기가 밀려왔다. 눈앞에는 먹지도 못할 금화들만 잔뜩 쌓여있었다. 그는 들고 있던 총을 내던져버리고는 배를 문지르며 출구를 바라봤다. 주변을 맴돌던 윙필드가 그의 마음을 알았다는 듯 어깨 위에 사뿐히 내려앉았다.

"너는 이런 상황에서 희망이 있다고 생각해?" 마일즈가 윙필드의 깃을 쓰다듬으며 말했다.

"멍청한 놈! 얼른 갑판을 닦지 못해!"

앵무새의 입에서 워커 선장의 잔소리를 듣게 되자 마일즈는 웃음을 터트릴 수밖에 없었다. 그는 일단 함선으로 돌아가 햄과 럼주로 배를 채운 후 천천히 다음 일을 생각해보기로 했다. 출구 쪽에서 들어오는 빛에 의해 어둠에 적응됐던 눈이 자연스레 찌푸려졌다. 그는 한쪽 팔로 빛을 가린 채 그곳을 향해 걸었다. 그러면서 닻을 올릴 때 부르던 항해가를 목이 터져라 불렀다. 어깨에 앉은 윙필드가 시끄럽게 화답을 했다. 그는 키득거리며 걸음을 옮겼다.

어느새 동굴의 출구에 가까워지자 해변에 정박한 커다란 함선이 보였다. 마다가스카르의 자랑인 빛나는 예니스팔리호였다. 마일즈는 어깨를 들썩이며 계속해서 노래를 불렀다. 그는 혼자가 아니었다. 햄

과 럼주와 보물이 있었고, 거기에 시끄러운 앵무새
까지 곁에 있었기 때문이다.

　죽음을 두려워하는 것 또한 죽은 자들의 몫이라네.
　밧줄이 춤을 춘다. 오늘도 열댓 놈!

　길게 늘어진 모래톱 위로 흥얼대는 한 해적의 발
자국이 점점이 찍혀나갔다.

29

반창회

"어, 해원이 왔냐."

친구 녀석들은 한자리에 모여 있었다. 어디 보자… 여섯 명 밖에 안 왔네. 태식이, 근호, 주원이, 기열이, 성찬이와 영준이. 두 놈은 그새를 못 참고 술을 마셔댄 건지 벌써부터 얼굴이 벌겋게 달아올라 있었다. 이게 전부인 건가? 하긴, 다들 먹고살기도 바쁠 텐데 이렇게 모이는 것 자체가 쉽진 않겠지. 의자를 뒤로 당겨 무거운 몸을 풀어놓듯 그 위에 걸터앉았다. 아직 술을 마신 것도 아닌데 이상하게 입가에 미소가 떠나가지 않았다. 정말 이게 몇년 만인 건지….

"해원이, 네가 좋아하는 과일 소주 하나 시킬까?"

근호가 한 손에 술잔을 쥐여주며 말했다.

근호는 이미 흠뻑 취해버린 두 녀석 중 하나였다. 새빨개진 코를 벌름거리며 혀 꼬부라진 소리로 점원을 부르는 녀석을 대신해 친구들이 술을 주문해 줬다. 근호와는 그래도 일 년에 한 번 정도는 만났었지만 다른 녀석들은 고등학교 졸업 후 처음 만나는 것이었다. 그런데도 늙지 않은 건지 아니면 시간이 지나도 그 익숙함이 남아있는 건지 모두 변한 게 하나도 없었다. 뭐, 십칠 년 동안 얼굴이 눈에 띌 정도로 변해버린다면 그게 더 이상하려나. 아마 그런 녀석이 있었다면 그 녀석은 우리들의 짓궂은 놀림을 피해 갈 수 없었을 것이다. 그 뒤로도 두고두고 안줏거리로 사용되겠지.

유난히 반가운 얼굴이 있었다. 고향에서 선박 중공업 일을 하던 영준이었다. 대체 그곳에선 어떻게 살고 있을지 몹시 궁금하던 차였다. 잔을 들고 일어나 그 녀석의 옆자리로 가서 앉자 한순간에 술 상대를 잃은 기열이의 야유가 들려왔다. 나는 잔을 들고 씨익 미소를 지으며 녀석에게 곧 돌아가겠다는 신호를 보냈다.

"야, 너 어떻게 지냈냐? 진짜 보고 싶었다."

"뭐… 나야 잘 지내지."

"넌 우리 안 보고 싶었냐?"

영준이는 대답 대신 작은 미소를 보여줬다. 맞다. 이 녀석은 항상 말수가 적었었지. 그런데도 항상 우리 무리에 자연스럽게 끼어있던 게 신기하긴 했다. 마치 그래야 한쪽으로 치우치지 않는다는 듯 수다스러운 우리의 반대편에 서서 균형을 맞춰주곤 했었다.

그 후로 우리가 무슨 대화를 나눴는지는 기억이 나지 않는다. 술을 많이 마신 것도 아닌데 이상하게 물이 가득 찬 어항 속에 있는 기분이 들었고, 친구들의 말소리는 웅웅거리다 공기 중으로 흩어지고, 나만 의자 위로 둥둥 떠올라 점차 탁자에서 멀어지는 듯한 느낌이 들었다. 왠지 모를 따스함이 술집의 노란 조명과 함께 온몸을 감싸자 자연스럽게 눈이 감겼다.

눈을 떠보니 책상 앞이었다. 내 앞엔 글씨를 알아

볼 수 없는 시험지가 펼쳐져 있었고 주위를 둘러보니 교복을 입은 친구들이 열을 맞춰 책상 앞에 앉아 바쁘게 시험을 보고 있었다. 나는 고개를 쭉 내밀고 친구들의 얼굴을 하나하나 살폈다. 마치 반투명 유리를 통해 보는 것처럼 모두 희뿌연 얼굴뿐이었지만 조금씩은 알아볼 수 있었다. 선호, 규태, 지영이, 희상이…. 반가운 마음에 친구들의 이름을 하나씩 부르고 싶었지만, 입술만 위아래로 움직일 뿐 목소리가 전혀 나오지 않았다. 목을 최대한 쥐어짜 가며 녀석들을 향해 입을 뻐끔거렸다. 선호야! 규태야! 얘들아! 나 좀 봐! 이미 다 큰 녀석들이 인제 와서 무슨 시험이야. 쪽팔리지도 않냐? 그러니까 고개 좀 돌리고 여기 좀 봐봐! 야!

뒤에서 웃음소리가 들려왔다. 술자리에 모인 여섯 놈이 왁자지껄 떠드는 소리였다. 그 소리가 잦아들 때쯤 나는 다시 술자리로 돌아와 있었다. 뒤를 돌아보니 다른 친구들은 여전히 책상에 앉아 시험을 보는 중이었다. 자식들, 아무리 꿈속이라지만 이렇게 오랜만인데 고개 하나 까닥 안 하냐. 녀석들의 뒤통수를 향해 원망의 눈초리를 던졌다.

"그립냐?" 근호가 눈웃음을 지으며 내 잔에 과일 소주를 한가득 따라주었다.

"그렇지. 그러니까 이런 꿈도 꾸는 거 아니겠냐."

근호가 따라준 잔을 단숨에 들이켰다. 이게 술인 건지 물인 건지 공기인 건지 아니면 빛바랜 추억인 건지 도통 술맛은 안 나고 밋밋하기만 했다. 처음부터 어렴풋이 느끼고 있었다. 이것이 꿈이라는 걸. 모든 감각이 마비된 듯 마비되지 않은 듯, 모든 게 현실인 듯 현실이 아닌 듯 모호한 기분의 연속이었으니까. 그런데도 깨고 싶지 않았다. 이건 정말 좋은 꿈이니까. 녀석을 다시 볼 소중한 기회이니까. 나는 마지막 인사를 하기 위해 옆에 앉은 영준이를 다시 바라봤다.

"너 죽고 나서 많이 울었다, 인마."

녀석은 여전히 아무 말도 하지 않은 채 지그시 웃기만 했다. 그 모습을 보니 갑자기 분통이 터졌다.

"네가 그렇게 말이 적으니까 더 친해지고 싶었어도 그렇게 못했고, 그렇게 조용하니까 한참 뒤에야 네가 죽었다는 소식을 들었던 거 아니야. 넌 대체 애가 왜 그러냐? 넌 우리한테 미안하지도 않냐? 그러니까 살아있을 때 말 좀 더 했으면 얼마나 좋아? 더 친해졌으면, 더 자주 같이 놀러 다녔으면 얼마나 좋았을 거냐고?"

내 푸념이 녀석에게 제대로 전해졌는지 아니면 또다시 나 혼자 뻐끔거리다 끝나버린 건지는 잘 기억나지 않는다. 눈을 떠보니 아침이었고, 출근한 뒤 메일을 확인하고 거래처에 연락하고 보고서를 작성하는 똑같은 날들의 연장선이었다. 다만 다른 날들과 차이가 있다면 잠에서 깬 이후에도 나 혼자만 떠 있는 것 같은 기분에서 헤어 나오지 못했던 것이랄까. 나는 일을 하다가 종종 생각에 잠겼고, 가끔씩 창밖을 바라봤고, 이따금 남들 몰래 작은 한숨을 쉬었다.

퇴근하는 길에 근호에게 문자를 보냈다. 어젯밤 꿈에 네가 나왔었다고. 고등학교 때 친구들도 나왔는데 얼마나 반가운지 눈물이 다 날 뻔했다고. 그리고 너는 거기서도 이미 술에 잔뜩 취해 있었다고.

녀석은 낄낄대며 이번에는 둘만 볼 게 아니라 동창 몇 명을 더 모아 보는 게 어떻겠냐고 물었다. 나는 그러자고 하면서 이번엔 내가 친구들에게 연락을 돌리겠다고 했다. 근호는 네가 어쩐 일이냐며 놀란 기색을 보였다. 사실 동창들 번호가 몇 개 있지도 않았지만, 시간만 조금 투자한다면 알아낼 수 있을 것 같았다. 마음만 있다면 그게 그렇게 어려운 일은 아닐 테니까.

입에서 하얀 입김이 나와 허공으로 퍼져나갔다. 매서운 겨울바람에 자연스레 몸이 움츠러들었다. 오랜만에 모이면 재미는 있을까? 도리어 어색한 건 아니겠지? 그건 그렇고 애들에게 꿈에 나왔던 영준이 이야기를 하면 좋아할까 슬퍼할까 아니면 아쉬워할까? 아니, 애초에 녀석들이 제대로 모이기는 할까? 아, 모르겠다. 일단 연락부터 하자.

나는 시린 손을 불어가며 휴대폰 속 연락처를 뒤적였다.

30

어느 시간 능력자의 회상

이제 막 숟가락질을 할 수 있었던 때였던 것 같다. 의도치 않은 서투름으로 숟가락에 담긴 밥알을 사방으로 흩어버리던 그때, 용케 떨어뜨리지 않은 도톰한 흰색 생선 살 한 조각이 입안으로 무사히 들어갔고, 처음 느껴보는 짭짤한 생선의 맛에 이 순간이 계속되면 좋겠다고, 영원히 끝나지 않았으면 좋겠다고 생각했었다. 바로 그 순간, 나는 시간에서 자유로워지는 동시에 얽매이는 특별한 경험을 하게 됐다.

모든 것이 멈춰있었다. 오른손에 쥐고 있던 납작한 플라스틱 숟가락과 떨어지는 밥알들, 건너편에 앉아 미소 지으며 나를 바라보고 있는 아빠의 모습과 시야의 구석에서 겨우 느껴지는 엄마의 흐릿한 형상이. 멈춰버린 시계의 바늘은 한순간 생명을 잃어버린 것 같았고, 펄럭거리는 상태로 고정된 커튼은 마치 엄마의 둥그런 치맛자락 같았다. 하지만 가장 기억에 남는 건 공간 전체를 지배하고 있는 고요함이었다. 마치 나를 감싸고 있는 공기마저 사라져버린 것 같은.

의식은 계속 흐르고 있었지만, 나의 몸 또한 멈춰버린 시간에 갇혀 움직이지 않았다. 여전히 오른손에는 숟가락이 쥐어져 있었고 밥알은 공중에 뜬 상태였으며 시선은 정면에 고정돼있었다. 마치 의식을 제외한 나머지 모든 것들을 내게서 뜯어낸 뒤 멀찍이 떨어진 벽에 붙여놓고 바라보는 기분이었다. 심장박동마저 느껴지지 않는 정적인 시간이 점차 두렵게 느껴질 때쯤 다시 마음속으로 이 상황이 끝나기를 바랐고, 아무 일도 없었다는 듯 그렇게 모든 것은 원래대로 돌아왔다.

당연한 일이었지만 꽤 논리적으로 말할 수 있을 정도로 자란 뒤에도 이 현상을 부모님께 제대로 설명할 수 없었다. 우리 부모님은 나의 '특별한 경험'에 대한 꾸준하고도 진실한 고백을 상상력이 뛰어난 아이의 자기표현 정도로만 생각하셨던 것 같다. 그리고 유치원생이 됐을 때, 난 다른 사람들에게는 나와 같은 능력이 없다는 것을 깨달았다. '시간을 멈출 수 있지만, 그것을 증명할 수는 없는 능력'은 친구들에겐 과하게 튀어 보이려는 시도 정도로 여겨졌고, 그것을 알고 난 후부터 난 누구에게도 이것에 대한 말을 꺼내지 않았다.

그 후에는 이 능력을 공부하는 데 사용해보려 했다. 그러나 책을 펼친 상태에서 시간을 멈추면 특정 단어에 초점이 집중돼있어 주변 글씨가 잘 보이지 않았다. 그렇다고 단어를 하나씩 읽을 때마다 시간을 멈췄다 푸는 건 효율적이지 않았다. 하지만 수학만은 달랐다. 수학 문제를 풀 때면 일단 문제를 기억한 뒤 시간을 멈추고 풀이 방법을 천천히 궁리하기만 하면 됐으니까. 덕분에 난 '머리가 좋은 것 같진 않지만, 수학 성적은 꽤 잘 나오는 이상한 녀석' 정도의 평가를 듣게 되었다.

그리고 난 사진 찍는 것을 좋아했다. 그렇다고 실제로 카메라를 들고 다닌 건 아니었다. 그저 마음에 드는 장면이 있으면 시간을 멈추고 몇 시간이고 그 장면을 바라보기만 했다. 그것이 내 머릿속 전시관에 깊이 새겨져 잊히지 않을 때까지. 그러다 문득 그 장면이 다시 그리워지는 순간이 오면 눈을 감고 시간을 멈춘 뒤 온전한 나만의 공간에서 그 사진을 꺼내 천천히 바라봤다. 비 오는 날 땅에 발이 닿는 순간에 맞춰 동그랗게 퍼져나가는 물방울, 열을 맞춰 점점이 날아가는 이름 모를 새 떼, 바닷가에서 집어 든 흠 없는 모양의 조개껍데기, 자동차 안 유리창을 통해 바라본 다리 위를 달리는 지하철….

　그중에서도 노을은 나에게 가장 특별한 존재였다. 고등학생이 된 후 학원 옥상에 우연히 올라간 일이 있었다. 마침 서서히 해가 저물어가던 시간이었고, 사다리를 타고 옥탑 지붕으로 올라간 나는 일상에서는 볼 수 없었던 노을의 아름다움을 정면으로 마주할 수 있었다. 건물들이 하나둘 짙은 검은색으로 물들어가고 오직 태양만이 스러져가는 붉은빛을 발하던 순간, 난 시간을 멈추는 것도 잊은 채 세상이 어둠에 잠기는 모습을 멍하니 바라봤다. 그 후로 매일 같은 시간 옥상에 올라가 노을을 바라보는 것은 나의 일과가 되었다. 그때까지는 이보다 나를 더 끌어당길 수 있는 것은 없을 거라고, 이 장면을 두고두고 머릿속에 담아두겠다고 생각했었다.

그리고 너를 만나게 됐다.

앞에서 네 번째 줄 그리고 왼쪽에서 세 번째 자리. 너는 나와는 조금 떨어진 앞쪽 대각선에 앉아있었다. 반 배정이 끝나고 새로운 학년을 시작한 첫날 나는 내가 사랑에 빠지기에 충분한 나이가 됐다는 것을 깨달았다. 하지만 난 이 감정을 어떻게 다뤄야 하는지 알지 못했다. 마음 가는 대로 행동하기에는 용기가 부족했고, 마음을 억지로 눌러보자니 그것 또한 쉽지 않았다. 그래서 난 가장 소극적이면서도 쉬운 방법인 짝사랑을 선택했다.

그저 지켜보는 것이 좋았다. 그것이 비록 뒷모습

일지라도. 길게 내려뜨린 어두운 갈색 머리카락을 수업시간 내내 쳐다봤다. 그러다 그 모습을 머릿속 전시관에 담고 싶어지면 시간을 멈추고 오랜 시간 동안 너를 바라봤다. 그렇게 한 장, 두 장, 머릿속 전시관의 사진이 늘어났지만, 그곳에 옆모습이나 정면에서 본 얼굴이 전시되는 일은 없었다. 왠지 모를 죄책감과 부끄러움이 나를 주저하게 했으니까. 그저 뒷모습만, 언제나 같은 방향에서 바라보는 비스듬한 뒷모습을 기억하는 것만이 내가 할 수 있는 최선이었다.

그 후론 학원 옥상에 올라가 노을을 바라보며 기억해뒀던 너의 뒷모습을 떠올리곤 했다. 그리고 상대적으로 볼 기회가 적었던 너의 온전한 얼굴을, 짙은 속눈썹과 가지런한 눈매를 생각하며 일어날 리 없는 사랑의 뒷이야기들을 혼자 써보기도 했다. 하지만 상상은 상상일 뿐이었고 항상 그 끝에서 나를 맞이하는 건 어느새 검게 변해버린 구름과 하늘의 풍경이었다.

나의 짝사랑은 졸업한 뒤에도 계속되었다. 비록

볼 수는 없었지만 너의 형상만은 내 머릿속에 또렷이 남아있었기에 난 네가 그리운 순간이 오면 시간을 멈추고 머릿속에서 하나하나씩 형상을 맞춰나갔다. 그렇게 너의 모습이 완성되면 난 용기를 쥐어짜내 너의 뒷모습을 바라보며 마음속으로 고백의 서툰 말들을 전했다. 좋아해. 너를 사랑해.

이렇게 길고 지루한 회상을 들어준 너에게 고맙다는 인사를 하고 싶다. 지금 내 눈앞엔 커다란 트럭이 돌진하고 있고, 어떠한 방법으로도 난 이것을 피할 수 없을 것이란 걸 알고 있다. 다만 내가 할 수 있는 건 시간을 멈춘 뒤 절대적인 평온 속에서 너의 형상을 만들어 마주하는 것뿐이었다. 난 평소보다 훨씬 더 섬세하게, 그리고 정성 들여 기억의 조각들을 모았다. 마지막 순간에라도 너와 똑바로 마주하고 싶은 소망을 담아서. 너의 모습이 완성된 후로도 긴 시간이, 정말로 긴 시간이 지나고서야 이렇게 너의 눈을 바라보며 담담하게 얘기를 할 수 있게 됐다. 이제 난 멈췄던 시간을 다시 흐르게 하고 내 인생의 끝을 받아들일 생각이다. 마지막으로 네게 이 말을 전하고 싶다. 너와 내가 공유했던 시간은 비록 아주 짧았지만 내 시간의 많은 부분은 너와 함께 흐르고 있었다고. 네가 나를 조금이라도 기억해준다면 그것은 내게 있어 영원한 시간과 맞먹는 것이라고. 앞으로 네가 걸어가는 모든 시간 속에 항상 축복이 가득하길. 좋아해. 너를 정말 사랑해.

- 여름과 가을 사이

올해가 이렇게 더웠던가? 마루에 앉아 작은 불평들을 쏟아낸다. 30년 만의 폭염. 그렇지만 30년 전은 기억나지도 않는다. 뜯은 지 얼마 되지 않은 아이스크림이 벌써 녹기 시작한다. 황급히 아래쪽에 입을 가져다 댄다. 하지만 녹아버린 아이스크림은 허벅지에 떨어지고 만다. 문득 초등학생 때의 기억이 떠오른다. 코를 훌쩍이면서도 아이스크림을 먹어대는 어린 시절의 나를 떠올린다. 너무 던져서 다 해진 가방, 하얀색 운동화. 그리고 커다란 이름표. 이름표 옷핀에 손을 자주 찔렸었지.

"날씨 덥제?"

뒤를 돌아본다. 이제는 검은 머리카락을 찾기 힘든 노인. 아버지라고 부르기도 한다.

"네. 그렇습니다." 건성으로 대답한다.

노인은 뒤에서 잠시 서성이다 방으로 들어간다. 나는 여전히 마루에 앉아 땅바닥을 응시한다. 아이스크림이 녹아 땅에 뚝뚝 떨어진다. 땅에선 개미들이 열을 맞춰 어디론가 나아가고 있다. 하나의 덩어리. 똑같은 목적을 향해 나아가는 영혼 없는 무리들. 괜히 화가 난다. 자리에서 일어나 개미들의 열을 거꾸로 쫓는다. 수풀 앞쪽에서 개미집을 발견한다. 들고 있던 아이스크림 막대로 개미집을 마구 헤집는다. 당황한 개미들이 사방으로 흩어진다.

노인과 함께하는 저녁상. 묵묵히 음식을 떠먹는다. 한참을 말이 없던 노인이 입을 뗀다.

　"일 다시 안 할 끼고?"

　"네. 안 합니다."

　"그렇게 힘들데? 다시 할 생각은 없나?"

　"아, 좀..."

　동공이 확장되고 미간에 주름이 잡힌다. 노인을 똑바로 바라보며 큰 소리로 말한다.

　"이젠 개미처럼 일만 하다가 뒤지기 싫습니다! 남들처럼 똑같이 고생만 하는 삶이 무슨 삶입니까!"

　자리를 박차고 일어난다. 노인은 아무 말도 하지 않는다.

다음 날, 이불을 걷고 일어난다. 조용한 아침. 몸을 비틀거리며 마루에 앉는다. 문득 개미집의 상태가 궁금해진다. 어제는 느끼지 못했던 죄책감이 밀려온다. 땅이 울리지 않도록 조심스럽게 개미집 앞으로 걸어간다.

내 걱정은 고작 하나의 기우였다. 개미집은 마치 어제의 사고가 없었다는 듯이 멀쩡히 복구되어 있었고, 개미들은 어제와 마찬가지로 열을 맞춰 걸어 나가고 있었다. 긴장이 풀린 듯 한숨과 함께 헛웃음이 나온다. 넘어지더라도 훌훌 털고 다시 일어나는 것. 그것이 개미들의 생인 걸까?

"밥 무래이."

노인의 목소리가 들려온다. 하늘을 본다. 이 무더운 날씨도 곧 지나가겠지. 그리고 가을이 되면 기억하지 못할 것이다. 마치 한 번도 여름을 겪어보지 않았던 것처럼.

노인은 밥상 앞에 앉아 묵묵히 나를 기다리고 있다. 노인에게 뭐라고 말을 건네야 할지 모르겠다. 괜히 머쓱해 목덜미를 긁으며 노인에게 다가간다. 어떤 말이 좋을까? 그래. 인사가 좋을 것 같다. 그리고 인사의 내용은 이렇게 하자.

'벌써 여름도 지나가고 있네요'라고.

5분 소설

초판인쇄 2020년 7월 21일
초판발행 2020년 7월 21일

지은이 김재성
펴낸이 채종준
펴낸곳 한국학술정보㈜
주소 경기도 파주시 회동길 230(문발동)
전화 031) 908-3181(대표)
팩스 031) 908-3189
홈페이지 http://ebook.kstudy.com
전자우편 출판사업부 publish@kstudy.com
등록 제일산-115호(2000. 6. 19)

ISBN 979-11-6603-010-9 02810